苏州市吴中人民医院 著

沟通源于心

GOUTONG
YUANYU
XIN

苏州大学出版社
Soochow University Press

图书在版编目(CIP)数据

沟通源于心/苏州市吴中人民医院著. —苏州：苏州大学出版社,2018.11
ISBN 978-7-5672-2648-7

Ⅰ. ①沟… Ⅱ. ①苏… Ⅲ. ①散文集－中国－当代 Ⅳ. ①I267

中国版本图书馆 CIP 数据核字(2018)第 235387 号

书　　名：沟通源于心

著　　者：苏州市吴中人民医院
策　　划：刘一霖
责任编辑：刘一霖
助理编辑：成　悬
装帧设计：吴　钰

出版发行：苏州大学出版社(Soochow University Press)
社　　址：苏州市十梓街 1 号　邮编：215006
印　　刷：镇江文苑制版印刷有限责任公司
邮购热线：0512-67480030
销售热线：0512-67481020

开　　本：700 mm × 1 000 mm　1/16　印张：14　字数：182 千
版　　次：2018 年 11 月第 1 版
印　　次：2018 年 11 月第 1 次印刷
书　　号：ISBN 978-7-5672-2648-7
定　　价：46.00 元

凡购本社图书发现印装错误,请与本社联系调换。
服务热线：0512-67481020

编 委 会

健康中国追寻人、健康、环境与社会的整体和谐，即所谓天人合一，身心和谐。医学人文关怀越来越关注医护的主体对象——人。而对每天守护患者时间最长、护患沟通时数最多的广大护理工作者而言，源于心灵默契与相知相敬的语言和非语言沟通，显得尤为重要。

一直以来，中国的护理人在南丁格尔“燃烧自己，照亮别人”的奉献精神和《护理札记》中的感人故事的影响下，秉承救死扶伤的人道主义精神以及护理常规等职业操守而勤奋工作。对技术的精益求精是广大中国护理人孜孜以求的目标，也造就了技术本领过硬的代代护理人。然而，温情脉脉的感知与沟通、有温度的关怀与照护却常常被置于技术边缘，甚至与专业分离。《沟通源于心》基于护理人文关怀对学科发展与专业成长的重要性，汇集了许多医护人员以仁心精术护理患者，用春风化雨之沟通温暖患者的感人故事，细说了护患沟通之技巧、境界、魅力、力量及典范，如冬日暖阳，展现了医护人员“靠近我，温暖你”的仁者风范。

沟通源于心，有心则灵。相信并期望这本根植于中国传统文化并浸润着吴文化的护患感人读本能感动和激励广大医护人员和患者。感谢作者团队的辛勤耕耘，感恩故事中每一位患者及同道的协同参与。

苏州大学护理学院院长

李惠玲

序二

苏州市吴中人民医院历来注重医学人文精神培育，在加强学科建设的同时倡导医学回归人文，将人文关怀融入护理过程的每一个环节，使广大患者在吴医这座白色圣殿里能够感受到医学的暖人温度。

我多次在我市的报刊上读到吴医护理同人在车站抢救突发危疾的患者的故事。他们或利用休假下乡去帮助贫困的病友，或走进麻风村去慰问那些严重残疾的孤老……阅读了这些报道后，我的心里充满了难以言说的感动。

近年来，随着人文护理的实施，吴医全体护理同人为了与患者进行更加顺畅的沟通，使护患双方能够更有效地表达对护理活动的理解、意愿和要求，更好地缓解患者的身心痛苦，赢得患者更多的信任，特推出了叙事护理，由此引出了源于心灵的护患沟通。

源于心灵的护患沟通，极大地提升了护理同人的叙事护理技巧，培育了护理同人与患者将心比心的情怀，增强了护理同人的共情能力，使护理同人在与患者的沟通过程中，处处展现出医学温情的一面，使患者由此更加真切地感受到了来自吴医天使的人文关怀。

护理部组织相关人员，花费大量时间和精力，从护理同人在推行叙事护理过程中所撰写的百余篇心得、感悟和平行病历里，挑选出80篇文章组成这本文集。作为人文护理的一个阶段性总结，这是非常有意义的一件事，对于接下来创建人文护理病区、深化优质护理服务、进一步提升患者满意度，必将起到积极的推动作用。感谢吴医全体护理同人。愿人文护理的理念不断被深化，温暖千万患者的心灵！

苏州市吴中人民医院党委书记、院长

王 平

目
录

第二章　沟通的魅力　041

第三章　沟通的责任　075

第一章

沟通的境界

人文情怀

护理部主任　宋伟华

自从踏入了护士行列，我便爱上了这身洁白的护士服。刚入行时年轻的我就暗下决心，一定要像南丁格尔一样，在平凡的护理岗位上踏踏实实地工作，让患者满意，让自己开心，在治病救人的工作中享受快乐，为护理事业奉献一生。

在求学期间，我的带教老师给我上了一堂生动的课。当年她带着我穿梭于病房。她那柔和的眼神、亲切的语调、动人的笑容，令人如沐春风。患者们都愿意向她敞开心扉，向她诉说自己的想法和心声，而她就静静地聆听，微笑着回答他们的问题。这一幕医患和谐的场景，深深地印在我的脑海里。至今想来，我真的觉得好温馨。

在老师的悉心教导下，通过自己的努力，我从一名小小的护士，成长为病区的护士长、科护士长，然后又成了护理部主任。回顾曾经走过的路，我真切地感受到，医术固然重要，但是仁心不可缺少。仁爱之心和精湛技术恰如天使的两翼，缺一不可。当初我的老师那一个个眼神、一个个微笑，连同她娴熟的护理技术，带给了患者无尽的温暖和希望。因此，除了过硬的护理操作技术外，沟通可以说是另外一种治愈患者的“良药”。

护患和谐，从沟通开始。众所周知，与患者直接打交道的是护士，与患者接触最多的也是护士。与患者保持良好的沟通无疑成了护士工作的重点之一。尤其是在医患关系日益严峻的今天，良好的护患沟通对于开展整体护理工作、构建和谐的医患关系，都有着非常重要的意义。因此，不断提升自己的人文素养，无论过去、现在还是将来，都是我所要努力做到的，因为有了爱心，我才能自助并助人。我常常告诉我的护士姐妹们，一定要掌握丰富的专业知识和娴熟的操作技术，同时努力学习沟通的技巧和方法。沟通与医疗、护理紧密相关。护患之间的真诚沟通，有利于治疗工作的顺利开展，有利于患者的早日康复。让患者满意，让社会满意，是护理人员一贯的追求。

目前，虽然我国医护人员的医疗技术水平并不差，但是由于长期以来人文素质教育不足，医护人员的语言沟通能力比较欠缺。在医护人员的传统观念中，行医应注重医疗水平的提高，不必太重视医患沟通能力。这使得一些医护人员不能适应新的复杂医患关系变化和患者日益增加的服务需求。但实际上，关心患者比关心疾病更重要。因为医学说到底是渗透着人文精神的科学，而不仅仅只有冷冰冰的技术。

患者来到医院，无不希望得到医疗技术的帮助，以摆脱疾病的折磨，同时也非常希望从医护人员那里得到心灵的慰藉。虽然人与人的日常交流难免会产生一些误解，护患交流也一样，但是只要护患双方拿出真诚和善意，最终就会形成一股共同抗击疾病的力量。患者是来看病的，而医护人员是治病的。医患之间、护患之间就应该是一个战壕里的战友，共同对抗疾病。这样的医患关系才充满了深情厚谊，也是我们努力追求的。

作为护理管理者，关注我院护理工作人员的身心健康也是我责无旁贷的工作，毕竟护理工作的压力和繁忙不是常人所能理解的。让护士们感受到来自我院领导的关心和支持，有助于她们带着愉快的心情投入工作。这对减少护患冲突，建立友善、和谐的护患关系有很大的推动作用。

令人欣慰的是，我院是一个充溢着人文气息的医院。《医之魂》

《丛林记忆》《支医日志》《仁心仁术》等医学人文书籍层出不穷。我们应该不断阅读身边的好书，用身边的动人故事和古今中外医学界的志士仁人的博大情怀滋润我们的心灵，积极进取，培养人文医学的胸怀和以人为本的精神。

而今，在医院领导的关心与支持下，我院的护士姐妹们在各自平凡的岗位上，以辛勤的汗水和全部的智慧，以天使般的大爱情怀和无私奉献的精神，努力构建和谐的护患关系，用爱的行动书写了动人的篇章，彰显了医学的人文精神。在此，我为能有这样的护理团队而感到由衷的骄傲和幸福。我相信，在大家的共同努力下，我们一定能打造一个服务一流、技术一流的吴医护理团队。

让爱的阳光普照大地

内镜中心护士　吴玉勤

护士是一个崇高的职业。“白衣天使”是人文关怀的象征。除了娴熟的护理操作手法外，暖心的话语、耐心的沟通也能够帮助患者缓解焦虑情绪，排除额外风险。因此，每天在和患者打交道的过程中，我更加明白护患沟通的重要性。

在内镜中心，我与每天来来往往做检查的大部分患者都是初次见面。在最短的时间内和患者进行有效的沟通，为患者做安全有效的内镜检查，是极为重要的工作。因此，我通过沟通，让患者明白做内镜的必要性，让患者在检查流程开始前及时提供既往病史。然后我对收集到的既往病史做进一步判断，判断它是否会在内镜检查中产生额外的风险。由此可见，沟通也是为了把病情的风险降到最小。

有一天，在签署胃镜检查知情同意书时，我问一个患者的家属：“平时他在吃什么药吗?”家属回答我：“吃抗精神分裂的药物。”我心中微微一惊，因为精神分裂症患者是普通胃镜检查的“雷区”。我站起身查看了患者的心电图、血常规等检查项目后，向患者的家属解释道：“他的这个情况不适合做普通胃镜，但他可以选择做无痛胃镜。不过，无痛胃镜还需要缴纳300多元的麻醉费。”也许他们此前已经在医生那得知需要做无痛胃镜，但一直在犹豫，因此当我明确地告诉他们其中的风险后，他们一口答应做无痛胃镜检查。检查顺利结束后，他们还不忘过来跟我道别。

工作中，总是有很多让人难忘的瞬间。有一天，胃镜检查系统出现故障，打印出来的图片模糊不清，但是报告内容清晰，表述清楚。当我准备把这个报告单发给患者时，有些担忧，生怕患者埋怨图片质量不好。然而，当我喊到患者名字，并且向他表示歉意时，患者微笑着对我说："没关系！我主要是看字。只要医生看得懂图就行。"顿时，我觉得整个内镜中心接待处充满阳光。我向他竖起了大拇指。互相理解是最棒的！

将心比心的沟通最温暖。一位爷爷带着一位奶奶来做胃镜。奶奶对我说："我不会写字，你让爷爷签吧。""爷爷，你在这里签名，还要写上你和患者的关系。"说完，我忙着写另外一张知情同意书给爷爷签字。一会儿，我拿到了爷爷签好的单子。哇！爷爷在"关系"一栏赫然写着"爱人"，而且"爱"是繁体字，中间有一个"心"。当时，我们大家都觉得很温馨，禁不住笑了。真是一位可爱的老爷爷。

当我回首往事时，内心总有深深的感动。感谢护士这个职业，让我学会了爱与感恩，并懂得了付出终有回报。我相信，当我与患者面对面地进行沟通时，我的爱会点亮患者心中的希望。他们的生命会因为我的付出而更加美丽；而我也会因为这样的付出而感到幸福！

站好服务第一岗

门诊部护士长　罗兰香

随着医疗改革的深入发展和自主择医模式的确立，医院的服务理念迅速更新，患者的健康意识明显增强。这一系列的形势变化给我院的病员服务中心——“兰香服务岗”提出了更高的要求。身为“兰香服务岗”的护理人员，无论如何都要站好服务第一岗，以患者为中心，遵循“质量是生命，服务必规范”的理念，充分展示“兰香服务岗”护士应有的素质水平，使患者来到我院有种“宾至如归”的感觉，从而产生信任和安全感。

说实话，“兰香服务岗”以我的名字来命名，一方面给了我无形的压力，另一方面也带给了我无穷的动力。我有责任、有义务带领我的护理团队为患者提供更好的服务。在我们的心中，永远都是“患者至上”。凡是来院就诊的患者，都是朋友。我们会在任何时刻伸出援手，把我们的问候和关怀带给每一位患者。一个微笑、一句“你好”，足以减少患者内心的焦虑情绪和心理负担，进而使患者对我院留下良好的印象，对接下来的诊治充满信心和勇气。

实际上，医院大厅是一个很繁忙的地方。这里每天都有各种各样的人，既有本院的医护人员，也有患者，还可能有患者的亲友。有些患者是医院里的“常客”，他们对挂号、就诊、做检查、拿报告等流程很熟悉。但不是每个患者都如此，很多患者都是茫然无措地站在喧闹的大厅里。这个时候的他们，需要我们的帮助和引导。

面对患者提出的各种问题和咨询，我们微笑着站在大厅里，一一给予明确答复，并告知患者我院的就医流程，为患者提供各种便民服务和温馨提示，耐心细致地做好各种服务工作。当然，我们的工作不仅仅停留在口头上。遇到行动不便的患者，我们也会上前搀扶；对方若是老年患者，我们会靠近他耳边说话，甚至亲自陪伴他就诊。就这样，原本可能会发生在我们医务生活里的小冲突、小误会，因为我们与患者之间的真情沟通而消融了。

在长期的工作中，我摸索出了沟通的方法：首先，语言要温暖、率真；其次，表情要慈爱，肢体语言要轻柔有度；再次，也是最关键的一点，要根据不同患者的个性，进行个性化的沟通。

文化程度较高的患者有较强的语言表达能力，对疾病的描述比较清楚准确。在同他们的交流中我们总是会注意举止文雅、语言精练，把握分寸，给患者留下文雅端庄、有知识、有涵养的第一印象。若是遇到本地患者，我们还会适当使用方言，这样可一下子拉近彼此之间的距离，令对方感受到我们的细心呵护与关爱。

接待文化程度较低的患者时，我们则尽量使用通俗用语，保持诚恳的态度，以减少他们的紧张感和拘束感。有的患者对医院环境不熟悉，会提很多问题。我们会不厌其烦地回答，认真做好咨询服务工作。有的患者自己叙述不清，还对我们发脾气，甚至出言不逊，更有素质差、性情暴躁的患者，一言不合就当场打人。面对这种情况，身处第一线的我们，总是先控制好自己的情绪，沉着冷静，等患者心情平复了，才以温和的言语、适当的用词、科学的道理向患者耐心解释，并尽量做到言简意赅，让患者能很快明白接下来的就诊步骤。我们尽量不用或少用医学术语，因为患者不一定能听懂，而且简单的口头用语也可大大减少不必要的麻烦，使得护患沟通无障碍。

总之，只要我们认真站好医疗服务第一岗，用心体会患者的内心世界，以心换心，就会拥有一颗平常心和同情心，最终真正做到耐心、细心地为患者排忧解难，帮助他们解决就诊中遇到的困难。通过工作，我们要不断学习，不断吸取新的知识。这将有利于我们今后对患者提出的问题做出更准确的回答，赢得患者的尊重，促进护患交流。总之，努力在工作中让患者满意，是我们的职责。

有一种温情叫“护士妈妈”

儿科护士 张 艳

近日看到一篇文章，是描写白衣天使气质和形象的：内科护士被形容成“老师范”，外科护士被形容成“大姐姐范”，急诊科护士则被形容成“女超人范”……而小儿科护士，则当之无愧地成为“妈妈范”。的确，在小儿科，“护士”和“妈妈”虽是两个不同的角色，却同样代表了温情。

时光似乎流逝得很快。二十六七岁的我们，渐渐走向了青春的尾巴，不再年少，不再轻狂。或许由于几年工作的缘故，我们多了一分认真、一分隐忍和一分成熟。在那些生病的小患儿面前，我们俨然成为一个个年轻的妈妈。“小朋友要乖乖哦。阿姨轻轻地哟。”“宝宝今天很乖哟，很棒哟！”温柔的语调和甜甜的笑容，瞬间“融化”了宝宝们的心。刚刚还哭闹不止的宝宝们顿时安静下来，睁着清澈的双眼看着我们。这一刻，我们的心也变得柔软了。母性果然是女人的“天性”。

在小儿科，最考验我们的就是头皮静脉穿刺技术。宝宝们易哭闹，静脉条件相对较差，给我们的穿刺操作带来了很大的难度。

记得有一次，病房里来了一位两个多月的宝宝。这个宝宝在其他医院已经进行了3天补液，但病情没有明显缓解，于是家长就带他到我院来住院治疗。宝宝比较肥胖，静脉条件差，而家长又很着急。我们一边安抚家长的情绪，做好耐心、细致的解释工作，一边安排经验丰富、穿刺技术好的老师进行静脉穿刺，并在穿刺前仔细评估宝宝的静脉情况以及身体状况，最后穿刺成功。

在平时的护理工作中，我们就像一个个小妈妈。宝贝们是否拉肚子，是否吐奶呛咳，他们的喝奶情况如何，指甲是否长了，小屁屁是否红了……我们仔细地关注着。遇到初为人父母的爸爸妈妈，我们会用自己的专业知识给他们讲解宝宝的正确喂养方法和日常生活护理方法。有人说，护士不就是给人打打针吗？其实不然。在外人看来或许是这样，但是在小儿科，宝宝们的吃喝拉撒睡，都是我们心头的牵挂。

日复一日，年复一年，我们在繁忙又平凡的护理岗位上默默地工作，付出了青春，奉献了一生。我们以天使般的微笑、温馨的话语和精湛的护理技术，带给病中的宝宝温暖的关怀，使每一个弱小的生命得以茁壮成长。

如何构建和谐的护患关系

护理部干事 包丽华

在长期的护理生涯中，我清楚地认识到，护患关系是护理人员在为患者提供医疗护理、患者在接受护理服务的过程中形成的一种帮助与被帮助的人际关系。它是一种多方位的人际关系，以满足患者的服务需要为前提。与其他行业相比，护理工作的对象是身心都处在痛苦中的患者，因此护理工作更需要人性关怀，需要护理人员倾注更多的爱心，与患者进行真情沟通，帮助患者接受治疗并促使其恢复健康。俗话说得好："三分治疗，七分护理。"护患之间的沟通非常重要，而且良好的护患关系也有利于提升患者满意度。

对于护患双方而言，和谐的护患关系既有利于患者康复，又能使护士感到工作顺利、心情舒畅。如果没有良好的沟通，护患之间就无从建立信任。如果没有信任，矛盾就由此而生。俗话说："良言一句三冬暖，恶语伤人六月寒。"这说明了语言交流技巧的重要性。语言交流能直接影响医疗护理的疗效和医院的声誉。护理人员在运用语言、沟通技巧时，尤其要注意语调和蔼、语言清晰、语速适中。这些细节能体现出护理人员对患者的真正关心，消除他们心里的焦虑感和紧张感。所以，提升护理人员的语言修养和沟通水平真的很重要。

一、护患关系的发展过程

初期：从护理人员与患者第一次见面起，护患关系就建立起来了。护理人员仪表端庄、举止稳重、言语温和会给患者留下好的印象，而好的第一印象往往能起到事半功倍的效果。接下来，护理人员可以带领患者熟悉病区环境，向患者介绍入院须知、住院期间的安全事项等。这些举措都能成为良好沟通的开始。这个阶段的目标主要是让护患双方彼此熟悉并建立初步的信任关系。

工作期：这是护患关系最重要的阶段。在这一阶段，护理人员应以高尚的医德、精湛的技术、热情耐心的服务态度赢得患者的信任。护理人员应在全方位的服务过程中熟悉了解患者，与患者密切配合，进一步加强护患关系。

结束期：经过治疗护理，患者的身体好转或基本恢复。护患关系将进入结束阶段。此时护理人员应对患者进行适当的出院健康指导、用药指导等。这一阶段的护患沟通一般比较简单顺利，也是护患关系最融洽、最和谐的阶段。

二、护患关系冲突的原因

1. 护患冲突中护方认识错位：个别护理人员缺乏必要的沟通礼仪修养，不能平等地看待护患关系，缺乏服务意识。

2. 护患冲突中患方认识错位：个别患者缺乏应有的就医道德，提出不合理的要求，不了解医疗服务的特殊性，将自己当作消费者。

3. 护患冲突中双方共同的认识错位：期望与现实的冲突，需求与满足的冲突，外行与内行的冲突，休闲与忙碌的冲突，依赖与独立的冲突。

三、在护患沟通中护理人员应起的作用

1. 护理人员一定要明确护患双方各自的角色功能。在整体护理中护理人员的角色功能是起主导作用且多方面的。护理人员是为患者提供护理的帮助者、照顾者、安慰者；在对患者进行诊断时，是计划者、决策者；在实施护理干预时，是健康的促进者；在病区内，是管理者、协调者，是患者权益的维护者；在卫生宣教和健康咨询方面，是教师和顾问。在以上范围内，患者对护理人员的角色期待都是正当而且合理的。

2. 护理人员要清醒认识到，获得安全优质的服务是患者的正当权益。患者一般不具备维护自己权益的知识和能力。其许多权益要靠医护人员来维护。在医疗纠纷中，患者不仅对身体的损失提出赔偿，还对精神损失提出高额赔偿的案例屡见不鲜。护理人员有清醒的认识，以更慎重的态度对待患者权益，才能使护患关系良性发展。只有护患双方相互理解、体谅和信任，才能携手共同对抗疾病，建立和谐的护患关系。

3. 护理人员要学会换位思考，时刻站在患者的角度为患者着想，急患者之所急，想患者之所想，解决患者的实际问题，将人文关怀渗透在护理服务的各个环节，满足患者的合理需求，真正把以患者为中心的思想落到实处。

总之，护患关系是一种特殊的人际关系，是人际关系在医疗情境中的一种具体化形式。其影响因素较多，来自社会、患者、医护人员、医院管理层等各个方面。在护患关系中，护理人员，应尽量让自身始终处于主导地位，以患者的需要为中心。护理人员严谨的科学态

度、强烈的责任意识、精湛的专业技术是防范护患矛盾和建立新型良好护患关系的关键。在护患矛盾已成为一个社会问题的严峻形势下，护理人员只有不断规范护理行为，加强护患沟通，才能减少摩擦与纠纷。护理人员提供与社会进步、患者需求相适应的护理服务将有利于构建和谐的护患关系。让我们共同努力，为患者提供优质的人文护理服务，与患者建立互相信任、互相尊重、互相理解、互相帮助的和谐关系，最终促进护理事业的蓬勃发展。

难忘初心

门诊部护士 陆 梅

一盏温暖的小灯在眼前轻轻晃动。朦朦胧胧中有一位优雅端庄的女士提着小灯走进我的视野。

“终身纯洁，忠贞职守。勿为有损之事，勿取服或故用有害之药。尽力提高护理之标准，慎守病人家务及秘密。竭诚协助医生之诊治，务谋病者之福利。”她慎重坚定地宣誓。

这不是南丁格尔吗？她是我们护理事业的鼻祖！今天，在护患关系如此紧张的形势下，白衣天使背后的翅膀正在变得越来越沉重，但今天我依然梦见了她——南丁格尔！

何其幸，又何其不幸！10 年前，对于自己选择的护理工作，我感到自豪。那时候，我总是精神饱满、充满热情，认真负责地对待每位患者。即使有时一次性静脉打不进，患者也会鼓励体谅我。患者发自内心地尊重爱护医护人员，既有利于医护人员成长，也有利于护理工作的顺利开展。

但是在今天，频频发生的伤医事件让我们医护人员既心疼又心寒。我们寒窗苦读十余载，却因为各种摩擦和误会，被唾骂甚至被伤害。这多么可悲可叹！

每当听到或看到类似事件发生，我都会感到困惑、迷茫。但是，为了心中的信念，我仍然坚守在护理岗位。在我的脑海中，有不少令我印象深刻的事。

记得有一次，急诊科有一位妈妈抱着孩子心急火燎地跑进来，大声喊叫道："护士，我家孩子发烧了，快来看看啊！"我们立刻给孩子测量体温，接着便指引她们到儿科去。但当时在急诊儿科等待看病的小孩较多，医生没法马上接待她们。于是这位妈妈开始发飙，冲到我们面前，怒斥我们："你们医生、护士缺乏医德。我家孩子发烧了，你们也不赶快看。病情被耽误怎么办？我要投诉你们！"对方怒气冲冲，但我们还是耐心地对她说："孩子妈妈，你别急。你看，小朋友被你吓哭了。你一急，他比你还害怕。"然后转身笑着说，"宝贝，不要哭哦！""孩子妈妈，你先给孩子喝些水，利于排尿出汗。他现在的体温是38 ℃，还不算很高。在前面排队的小孩体温有39 ℃以上的。你不要太紧张。你看，孩子精神挺好，现在还不错。我带你再去看看前面还有几个人，好吗？"这位母亲的情绪立刻平复下来。她沉默地跟在我们后面。恰好这时前面就剩一名患儿，接着便轮到这位小朋友了。等小朋友看完病后，这位妈妈拿完药，交完费用，临走之前特意过来与我们打招呼致谢。

以后，这位妈妈再带孩子来看病时，态度和语气就完全不同了。我们感觉她已能体谅医护人员了。有一次，小朋友发烧，需要补液，但因为小朋友年龄小，他的血管很难找。第一针我没打上。孩子突然哇哇大哭。我的手心微微冒汗，心里感觉压力有点大，想换个护士来打。这时，这位妈妈轻轻地对孩子说："宝贝，勇敢点，不哭哦！我们再坚持一下，让阿姨再来打。"然后她转过脸，温柔地说："来吧！我们宝贝很勇敢的！"我退却的心又充满信心，继续投入，很快顺利地打上了。这时，她又说："我看你们年纪都不小了，每天还倒班，很不容易。现在每天都有新闻报道医院的负面消息，但我相信绝大部分医护人员都是尽心尽责为患者看病的。每个人都在成长。医院必须有良好的环境和土壤，才能培养出优秀且有良好医德的医护人才。相信现在恶劣的从医环境会逐渐改善。”听到这些发自肺腑的真诚话语，我很感动。是啊！作为患者，不仅能体谅我们的工作，还给我们鼓励打气，我们又有什么理由和借口逃避各种困难呢？

今天，面对严峻的医疗形势，我们更要坚守阵地，坚持自己的信念。也许前方的路比较艰辛、比较崎岖，但只要我们不忘初心，坚守职责，坚持走下去，相信不久的将来，我们就会踏上一条康庄大道！

真诚沟通，医心为你

护理部干事　杨美华

世界医学之父希波克拉底说过，医生有“三大法宝”，分别是语言、药物和手术刀。我国著名的健康教育专家洪昭光教授也说过：语言是三者中最为重要的。医生一句鼓励的话，可以使患者转忧为喜，精神倍增，病情立见起色；医生一句泄气的话，可以使患者忧郁焦虑，卧床不起，甚至不治身亡。对此，我颇有同感。

记得那是一个风雨交加的夏夜，我和往常一样做着行政总值班的工作，突然接到了急诊科打来的求助电话，希望我能到现场去帮忙协调处理一下。我立刻前往急诊科。原来是一名两岁左右的孩子，因为大风突然把家里卧室的门关上了，他的右手食指和中指恰恰被门夹断了。孩子的家属抱着满手是血的孩子，大声指责急诊科医生不立刻给孩子做手术，生怕耽误孩子的手指恢复……家属的指责影响了急诊科两名医生的工作。孩子的父亲更是怒气冲天，抱着手上包裹着纱布的孩子坐在医生的办公桌上，不让外面的任何患者进诊室。正常的工作秩序被打断了……

我向孩子的家属了解情况后得知，孩子在出事之前的半小时内喝了牛奶。按照规定，手术前六个小时患者应当禁食禁饮，所以孩子的手术被安排在进食后的六个小时之后。目前他们只能等待。但是孩子的父亲不依不饶。他查阅过网上的相关资料，认为孩子的手指应该尽早接上，这样手指存活的概率才能增加。一边是耐心给家属讲解医学常识的急诊科医生，一边是焦急烦躁，根本无法听进任何解释的家属。我一到急诊科，孩子的家属立刻像见到了救星一般，请求我立刻给他们做主安排手术。

我在了解了相关病情之后，俯下身抱了抱还在哭闹的小宝贝，告诉他："阿姨知道你的手指被门夹到了，很疼，但是阿姨更喜欢勇敢的小朋友。你一直哭的话，阿姨是不会把口袋里的小礼物送给你的……"前一分钟还在哭闹的孩子一听说有小礼物，注意力马上就被吸引到了那个礼物上。他急切地问我："阿姨，是什么礼物?"其实也不是什么特别的礼物，是我给女儿买的溜溜球而已。我刚拿出溜溜球，先前还在哭闹的小家伙立刻挣脱了父亲的怀抱，在地上玩起了溜溜球，早已忘了刚刚遭遇的重创。孩子的父母见他还能下地愉快玩耍，心情也似乎轻松了几分。

这个时候，我把孩子的父母领到急诊室门外，耐心地告诉家属，其实医生不是不给孩子做手术，也不是不管孩子，而是为了避免一系列可怕的意外发生，因为如果没有做到禁食禁饮，在术中实施麻醉后，食物和水可能会返流到孩子的口腔，流入气管，造成肺部感染，甚至堵塞气管造成窒息等。同时我也告知孩子的父母，目前急诊科医生已经给孩子做了止血包扎，等时间一到，就立刻实施手术，不会耽误孩子的伤情。我还告诉他们，我的女儿小时候也受过伤。当时我也急得糊涂了，恨不得医生放下手上所有的活来救我的女儿。这是人之常情，可以理解。天下父母都是这样的。孩子的父亲一下子被我的话逗乐了，已经没有了刚来时的狂躁和焦虑情绪。他告诉我，他是第一次当父亲，容不得孩子受到一点点伤害。这个可怜的父亲，说出了貌似有点"不争气"的话语。孩子的母亲则陪着还裹着纱布的调皮宝贝玩溜溜球，刚才所有的不愉快似乎都化为了乌有。一场发生在急诊科的"暴风骤雨"在我的一番设身处地的言语中化为了“晴天”。走廊上传来了孩子开心的笑声，急诊科的工作也恢复了正常。

忙完了急诊科的调解工作，我望向窗外，原来雨早停了，风也小了。明天该是一个艳阳天吧！

信任是心灵相通的桥梁

消化内科护士长　徐秋芳

在我的医院工作生涯中，我真真切切地体会到了诚信交流给医患之间带来的双赢。外来务工人员王女士到我院五官科治疗咽喉炎，在准备挂号时却发现钱包不见了。原来，王女士在乘坐公交车时衣服口袋被小偷割破，几百块钱全被偷走了。正当王女士孤独无助时，本院一位卢姓医生热情相迎，不仅为其看了病，还垫交了药费。几天后，王女士的病情有了明显的好转。她再次来到医院找到卢医生，感谢他的慷慨相助，也感谢其他医务人员的倾力相助。

进城治病却遭遇小偷，身无分文又人生地不熟的王女士碰到了好心的卢医生。也许有人会认为这份幸运相当难得。其实也不尽然，因为在全面建成小康社会的进程中，医院也正在努力树立“以人为本，患者至上”的理念，营造人性化服务氛围。医院的医护人员都把患者视为上帝，将“一切以患者为中心、一切为了患者、为了患者的一切”的服务理念贯穿于医疗服务的全过程。我深信，这份幸运不只属于王女士，更是千万患者的福音。

说起医患关系，可能大家都心照不宣，怎一个“复杂”了得！那么，我们该拿什么来拉近医患关系呢？我认为只有诚信才能令医患关系融洽。

要想拉近医患关系，最基本的一点就是医护人员与患者之间要相互信任。“信任”在《现代汉语词典》中的解释是相信而敢于托付。

一位女作家说过这样一句话：信任是心灵相通的桥梁、家庭稳定的纽带、化恶为善的基石。因此，医护人员被患者信任是一种崇高的荣誉，患者得到医护人员的信任也对二者的关系有良好的推动作用！具体来说，医护人员要努力“内强素质，外树形象”，才能赢得患者的信任；患者要多换位思考，理解包容。医患关系是相互的。良好的口碑是好医院、好医生最好的广告。良好的互动是医患关系最管用的缓和剂。

医护人员要养成注意倾听患者说话的习惯，并诚恳回应患者。这样既能准确了解患者的真实需求，又能让患者对自己产生好感和信任。医护人员平时也要多与患者沟通，或一声问候，或拉拉家常、聊聊时事。这些举动都会拉近医患之间的距离，融洽关系。钟南山院士说，在中华医学会处理的医患纠纷和医疗事故中，半数以上是医患之间缺乏沟通引起的。没有沟通、不会沟通、沟通不当都会在不同程度上加剧医患之间的紧张和对立情绪。他认为，一名优秀的医护人员除了要有责任感、有对患者的关爱之心外，更重要的是要学会与人沟通。医护人员对待患者的一个重要原则就是“己所不欲，勿施于人”。医护人员只要能站在患者的角度考虑问题，最终就会赢得患者的理解和信任。

在疾病面前，生命无贵贱之分，更没有身份的区别。神圣而崇高的白衣天使，永远把患者的生命和健康放在第一位。只有无条件的爱，才是真正的善待。医护人员在善待患者的过程中也能获得心灵的滋润。

触动心灵的一瞬间

消化内科护士 蔡晓菲

在门诊大厅中、诊室门前、手术室门外、住院部里，我常常能见到患者面带几分忧愁。他们忍受着身体及心理的双重煎熬，即使有万贯财富和无尽智慧，也抵挡不了病魔的入侵。而我们，身担天使的职责，希望尽最大的努力精心治疗和护理患者。我们也常常去安慰、帮助他们，由此构建医患之间的良好关系。

一个夏天的午后，我们科收治了一位患有精神类疾病的消化道梗阻患者。患者为男性，未婚，30 岁出头，顶着一头鸟窝似的头发，面黄肌瘦，手脚细如竹竿，满身污垢。旁边陪着的他的妈妈是一个大约 70 岁的头发花白的老太太，弓着身子。看到这个情景，我们马上安排床位，帮他脱去污衣，换上干净的病员服，安慰道："小伙子，不要急，慢慢躺在床上。我们马上帮你检查身体。如果你要吐的话，把头偏向一侧，不要咽下去。若呼吸困难，你就马上呼叫我们。这是呼叫铃。你按下红色的按钮后我们就会过来。"我们转过身对老太太说："阿姨，我们帮你把衣服、盆之类的放在柜子里。你自己当心点，在旁边坐一会……"老太太边抽泣边点头，断断续续地和主治医师描述她儿子最近的身体情况和既往病史。通过细致检查，我们发现她儿子罹患了中晚期胃癌。考虑到他还年轻，医患双方达成共识：尽快开刀抢救，让他的生命延续下去。

术后从手术室回来，护士为小伙子安置好体位，指导他和妈妈做好对引流管的护理。护士对小伙子说："你的身上插着深静脉管、胃管、引流管。这些都是帮助你治疗恢复的管子，你不能拔掉。管子里的脏水，我们会常来观察并倒掉。家属只要看好管子，不要折起、牵拉，同时注意不要让引流球滑落床铺。我们知道放置管子会有些不舒服，但请你配合。我们一起努力，争取早日拔管，好吗?"他和妈妈都使劲地点头。考虑到他以往有躁狂症病史，我们担心他会不受控制地去拔管子。为此我们商定，谁轮到做他的床位护士，就鼓励他积极治疗。从早间的晨护，帮他梳理管路、整理床铺，到为他输液、换药，我们都细心呵护。好在他配合得很好。一开始，他沉默寡言，后来就能记得每个医生、护士的名字，还有我们的排班情况了，有时还和我们开开玩笑，与我们相处得挺融洽。

因术后很长一段时间不能进食，他期盼有一天能离开这一米多宽的床铺，离开病房，感受外面的世界，并能吃到他最爱吃的排骨和牛肉。日子一天天地过去了。他的病情恶化了。对他来说，拔掉胃管吃饭几乎是不可能的事了。他的妈妈常在背地里抹眼泪。她没什么文化，却一人挑起照顾家庭的重担。她告诉我们，家里的老伴、大儿子也有精神疾病，她只希望她的儿子能少点病痛。尽管儿子不能进食，但她还是每天做他爱吃的菜，让他在嘴里嚼嚼过过瘾。

每当我看到这样的场景，一阵酸楚便会涌上我的心头。我总想着能否为他做些什么。看着他日渐长长的头发，裴护士决定帮他剃头发。她拿了洗头盆、剃刀、毛巾，调好水温，将干毛巾围在他的脖子上，然后用水慢慢地将他的头发弄湿，抹上洗发水，轻轻地抹匀，再用水把泡沫洗掉，然后拿起剃刀，一点一点地将他的头发剃下……从洗、剃到吹干，她忙活了好一阵。一番打理后，小伙子看起来精神多了。那个下午，他度过了生病入院以来最舒服的午后时光……

一个阳光灿烂的上午，他离开了他的妈妈和这个世界。他的妈妈一边哭泣，一边向我们道谢，感谢我们在他生命的最后阶段所给予的关心和照料。她哭着，送别的护士也哭着。看着老人渐渐远去的背影，我们似乎还能听到老人家的隐隐哭声。

我常在想，假如我是患者，我何尝不想及时有效地挂号、看病，何尝不想窗口服务热情有礼、准确快捷，何尝不想我的医生能耐心倾听我的话语，设身处地地为我考虑，多多考虑我的病情、我的经济能力、我的心理承受能力。如果我是一个患者，我希望自己能早日摆脱疾病的折磨，早日回家，但我不会忘记这里的一个个可爱的医护人员。

当然，作为医护人员，我们也明白，每个来到医院的患者，因为自身疾病和各种压力，都会有不同程度的焦虑、紧张、愤怒的情绪。因此，我们更应当积极和患者建立起有效的沟通，帮助他们缓解负面情绪，让他们配合治疗。

爱在身边

急诊科护士　兰超美

护士是一个高尚的职业，戴着一顶燕尾帽，穿着一袭白衣，俨然天使的化身，穿梭在患者身旁，为患者保驾护航。

很荣幸，我能成为一名护士。没有华丽的语言，没有轰轰烈烈的感人事迹，我只是一名普普通通的护士。

我在急诊室工作。急诊室是一个高强度、高压力的科室。它就像一个万花筒一样，每天都有不一样的风景。在这里，各种情况变幻莫测。很多像我这样的急诊室护士可能对生老病死已经司空见惯了，可是细心留意，还是会发现身边有许多让我们感动至深的事。人人都说患难见真情，可怜天下父母心。接下来我要讲的故事可以诠释这一切。

那是一个阳光明媚的早晨，一个30岁左右的男子抱着一个年轻女子来到急诊室，身后跟着一个50岁左右的女人。那天我刚好当班，了解情况之后才知道，他们是带这个年轻女子来更换导尿管的。可是，这背后的故事让人心酸又感动。

这个年轻女子20岁时出了一场车祸，不幸高位截瘫。陪她来的是她的妈妈和哥哥。她的生活完全不能自理。妈妈丢下工作照顾她的饮食起居，还要帮她做机能锻炼。哥哥则非常努力地工作挣钱给她看病。妈妈在谈及此事时常常流下眼泪，心疼女儿在如花的年纪遭这么大的罪，痛恨司机到现在还没有得到应有的惩罚。可是女儿的脸上却始终洋溢着笑容。其实她是为了安慰妈妈。

由于高位截瘫，她的肢体只要受到外界刺激就会过度痉挛。在更换导尿管的整个过程中，妈妈的手紧紧抓住她的手，为她擦去额头的汗，安慰她。

妈妈说："女儿是我身上掉下来的一块肉，我不能丢下她不管。"

女儿说："妈妈年纪大了，我不想让她白发人送黑发人。再痛苦我也要坚持，好好活下去！"

我听了之后，一股热流涌上心头。这一家人多么不容易啊！望着他们远远离去的背影，我的内心五味杂陈。

之后，几乎每个月他们来换导尿管时我都当班。我想这也是一种缘分吧！这样一来，我与他们一家越发熟悉了，像是老朋友一样。每次他们来，我都主动热情地接待，尽心尽力地为他们服务，让他们感受到护士的爱就在身边。

幸福的家庭也许都一样，不幸的家庭却有千万种。作为一名护士，我只能努力做好自己专业能力范围内的事情，与患者及时沟通，了解他们内心的真实感受，给予他们一定的心理支持。也许我的一句关心的话、一个亲切的动作，都会让患者拥有继续坚持的勇气和力量。

作为医护工作者，我们不应简单机械地工作。我们要了解患者内心的真实感受与需要，视患者为朋友，这样才能与患者建立良好的关系，在工作中获得快乐与认同感。

握住我的手

肿瘤内科护士　许建新

“许姐，你握着我的手，我就不害怕了。”

“小徐，你放心，我陪着你。”

“许姐，我只信你……”

每当想起那个 20 多岁，就已为生活历尽沧桑，罹患胃癌最终不治的小徐时，我总是感慨颇多。

记得小徐刚刚入院时，漂亮的长发披在她消瘦的肩头。她不喜欢说话。治疗刚开始时她有时不配合治疗，开口总是充满戾气。有几次，她打翻了护士的注射盘，甚至把查房的医生骂出了病房。

科里的医生和护士想要和她交流沟通，却都被她拒绝了。后来连陪护她的朋友也开始沉默了。

她是这样年轻，但病得这么重，如果再不配合治疗……

看到她瘦弱的身躯，因为疼痛而蜷缩在病床上，我真的很心疼。

于是，每天早上，不管她愿不愿意，我总要去和她打个招呼，问她今天好不好，帮她盖好踢开的被子，并俯身擦去她额头上因疼痛而渗出的汗珠……因为我知道，她只是在用她的愤怒、她的谩骂，来掩饰她的无助、痛苦和孤独。

每天微不足道却温暖的关怀，终于在一周后得到了回应。

记得那天早晨，我走进小徐的病房，如往常一样问她吃早饭了没有。这时候，她转过身来对我说她吃过了，还问我昨天是不是休息了。

她渴望关心，渴望接受良好的治疗。她只是不知道怎么面对自身的疾病。

她自幼因为是女孩而被亲生父母遗弃，10 多岁便来到苏州为生活打拼。丈夫因故入狱后，她独自抚养幼子，赡养年迈的婆婆，其中的辛苦不是一个小姑娘能承受的。巨大的生活压力也是她的病因之一。

了解到她的情况后，我们科里的医生、护士通过她的朋友，弄到了她的亲生父母和养母的电话。护士长让我亲自给他们打电话，和他们进行沟通。经过我的劝说和调解，他们终于同意过来陪伴与照料她。

有了良好的护患交流后，她的情绪慢慢地稳定下来，开始听医生的话，接受各种治疗。

后来，她无论是去拍片，还是去手术室置中心静脉导管，或是做化疗等治疗，我们都全程陪同。

一个月下来，她甚至开始和科里的医生主动打招呼。中秋节的时候，她让家人送来了两盒肉月饼。因为那天我休假，所以她和科里的同事打招呼，一定要留一个给我。

一个肉月饼，不贵，只要一块五毛钱。

一个肉月饼，很贵，无价。它代表了护士如亲人般呵护患者的情怀，它也代表了患者对护士的信任和感激。

记得有老师对我说，肿瘤科的护士是真正的天使，总是在患者最痛苦、最无助的时候给予他们帮助。

我们没有伟大的行为，没有壮烈的故事，我们只是给予患者无微不至的关怀和耐心细致的照料。

就这样，我们和患者一起勇敢面对生命的难题。

有一种沟通叫微笑

ICU 护士　王诗洁

结束了一天忙忙碌碌的工作，我本以为可以回家了，突然间想起还有“百针计划”。看来今晚不能舒舒服服地躺在家里的床上了。我看了看手表，距离上班还有一段时间，于是决定先去值班室眯一会儿。没想到一躺下我就睡了好久。幸好设了闹钟，我才及时醒来。

我拖着疲惫的身躯，来到输液室报到，开始了今天的“百针计划”。我暗暗地给自己鼓劲，但看到门口排队打针输液的人络绎不绝，心里就越来越烦躁。

这时来了一个脾气急躁的患者沈老。他走到我面前把东西一放，就说：“快点来给我打针，一针就给我打上啊，别磨磨叽叽的。”听了这话，我更烦躁了，但是我能怎么办呢，工作还得继续。

我拿了药水并核对好之后，拿了根压脉带，开始了寻找静脉的紧张工作。

沈老说：“看了那么久，看出点什么名堂来啊？我之前也一直来这里输液的，虽然我的静脉情况不太好，但护士都是一针成功的。你到底行不行啊？还是你是实习生啊？那叫你老师来打。”

听到这里，我的心里真的很窝火。但是我还是强忍怒火，微笑着对他说：“沈老啊，我的确是刚来这里的，但是请你给我一次机会，相信我可以给你打上的，好吗？”

“那行吧，尽量给我一次打上哦。”我本来以为沈老还是会坚持让老师来打，没想到他会这么说。难道是因为我的语气比较和蔼，还是我的笑容打动了他？

我重新拾起压脉带，稳住紧张的情绪，默默地对自己说：“相信自己，你可以的！”还好，我一针就打上了！我照常给他固定好，再核对一下他的名字，见后面排队的人少了，便又笑着跟他讲了一声：“沈老啊，水已经给你挂上去了。你自己不要调滴速啊，有什么事按铃喊我们好了。你的东西要不要帮你拿到位置上啊？”

就是因为我随口说的这样一句话，沈老便对我万分感激，连声说：“谢谢你啊，好孩子，那么好心。想到刚刚对你的态度，我真的觉得很惭愧。哈哈哈。”

我回到岗位上继续打针。不知道为什么，我的心情变好了。我不再烦躁，反而觉得很轻松、很快乐。

后来我在帮忙换水时，再次遇到了沈老。于是我关切地问他：“沈老啊，给你换水了啊。你现在感觉怎么样啊？好点没啊？手痛不痛？”沈老一直面带笑容地抬头看着我，对我讲了很多，也许是感受到了我对他的关心吧。

有时候，良好的沟通真的可以解决很多麻烦。比如这位沈老，如果在跟他所有的对话中我只是机械地问答，没有微笑，没有关心，甚至没有良好的打针水平，可想而知会发生什么，我们可能会吵架，可能会产生纠纷……但就是因为有了微笑，有了关心，加上自身具备的技术水平，我与沈老的关系变得融洽了。

此时的沈老不再咄咄逼人，反而对我多了一分尊重和一分感激。

其实对我们护士而言，只要做到换位思考，许多问题就能迎刃而解。因为这件事，我更加坚信了沟通的重要性。沟通是促进良好护患关系的一个重要因素。

正如一位专家所说："沟通的素质决定了你生命的素质。"是的，处理人际关系的核心能力就是沟通能力。沟通在人们的工作和生活中有着非常重要的地位。沟通是一种艺术，更是一种能力。身为护士，我们要培养与患者沟通的能力，促进护患和谐，以自己一流的专业技术水平，努力赢得患者的信任和尊重。

因为尊重，所以信赖

东大街分院院长助理　吴红华

阿尔茨海默病是大众所称的老年痴呆症，是一种中枢神经系统变性病，起病隐蔽，病程呈慢性进行时，主要表现为渐进性记忆障碍、认知功能障碍、人格改变及语言障碍等精神症状。到2010年年底，中国60岁以上的老年人超过17 800万名，其中约有800万名是老年痴呆症患者，占全世界老年痴呆症患者的1/4。依照目前的医疗水平，我们还无法治愈老年痴呆症，但是通过合理的药物治疗、科学的护理方法、积极的康复训练，完全可以改善该病的临床症状，延缓病情发展，提高患者的生存质量。

在我院的分院有一位余阿婆，今年92岁，因为摔跤导致左股骨颈骨折，右颞部硬膜外血肿。经外院保守治疗，她的病情稳定后，子女因为要上班，就把她送进了我院康复科。如今，她来到这儿也快两年了。由于她有高血压病和快速房颤病史，因此医生未能对她的左股骨颈骨折行手术治疗。这使得余阿婆绝大部分时间只能在床上度过，而照顾余阿婆的任务就落在了护工沙阿姨的身上。余阿婆的子女则利用晚上的时间过来陪老人说说话，尽尽孝心。

每当我走进余阿婆的房间，就会被她房内的整洁环境吸引。今天，余阿婆清清爽爽地坐在藤椅上，眼睛微眯着。我轻唤了一声："余阿婆！"余阿婆睁开眼睛，笑笑说："小吴你来了啊！"我不由地感到惊讶和感动，因为余阿婆认识我了，记得我是谁了。但是随后，余阿婆又打起盹来。照顾余阿婆的护工沙阿姨摇摇她，递了一片橙子放进她的嘴里。余阿婆睁开双眼，开始咀嚼橙子……

余阿婆入院时已经有老年痴呆症的早期表现，后来更是出现了记忆混乱和丧失。晚上她会大喊大叫，用力敲打床沿，骂人，甚至对沙阿姨有暴力倾向，有时还会把垫在床上的尿不湿用手撕得粉碎然后扔在地上，吵得隔壁床的患者无法入睡。虽然沙阿姨晚上没睡好，但是第二天她总会和我们护士一起把余阿婆从床上扶起来，陪她聊天。刚来医院时，余阿婆说了一些年轻时候的事情给大家听。现在大家总是不停地用夸奖的方式帮助她回忆过去："阿婆，你年轻时真漂亮！你的先生真帅！"……可是如今余阿婆的眼神淡漠，因为她已经不记得这些了。不过她一看到馒头，就会想起"文化大革命"时先生从北方回来，把唯一的一个馒头藏在棉袄里带给她吃。每当我们再和她说到这件事，她都会马上睁大眼睛，甜蜜地微笑。

在和余阿婆的沟通中，我们发现她对馒头情有独钟，于是我们就利用食物唤醒她美好的记忆和愉快的情感，以适当的沟通技巧、简单易懂的话语、缓慢轻柔的语速慢慢地达到了改善睡眠的目的，让她得到了更好的休息。

的确，和老年痴呆症患者进行交流，几乎是所有护患沟通中最为困难的。我们在同他们沟通时，往往触觉的感受强于文字的感受，所以我们要利用肢体语言传达关爱，如握手、拥抱，多关注他们的情绪变化。其实，我们应该关心和尊重那些老年痴呆症患者，与他们进行良好的沟通，同时注意说话的内容和方式，用我们希望别人对待我们的方式去对待他们。不管老年痴呆症患者是多么孤僻、多么奇怪的一个人，我们都要坚持和他们保持积极的沟通，这样就可能让他们记住我们。

我的一位亲人患有老年痴呆症，此外还并发了肺部感染和尿路感染，在最后的日子里已经完全没有办法和我们沟通了，但我们还是精心照顾她，让她知道在对抗疾病的路上，我们与她永远相随，不离不弃。同时，我们更企盼，有一天人类能够有效地控制老年痴呆症，甚至能够治愈它。

我曾经看过一本名为《我想念我自己》的小说。小说的主人公不幸患了老年痴呆症。她说："我的昨天正在不断消失，而我的明天仍是个未知数，那么，我该为何而活呢？我为每一天而活，我为当下而活。"我想，这句话不仅仅是针对老年痴呆症患者说的，更是针对所有人说的。让我们勇敢地为每一天而活，为当下而活。

心墙上的一扇窗

妇科护士　张　璇

2017年9月12日，很普通的一个秋日，我院妇科却迎来了一位不太普通的患者。年轻的她坐在轮椅上，由家人们推着来到了护士站。家人们满面愁容，而她则寡言少语。这是他们一家人留给我的第一印象。短暂的停留后他们直接去了病房。经过床位护士与床位医生的入院评估，大约半小时后，该患者的病程记录出来了。我大概浏览了一下。这是一个30岁出头、怀疑卵巢癌的患者。最让我们吃惊的是，她的第二诊断为“精神分裂症”。当时我们面面相觑。说实话，工作4年多，癌症患者我们不是第一次见，但是精神病患者我们着实是第一次接触。她处在发作期还是平静期我们都不得而知。对于怎样护理这样的患者，怎样和她交流沟通，我们都没有经验。

医生与床位护士小郑大致了解了她的服药史与既往病史后，与患者家属进行了初步沟通。最初，这一家人不太愿意与我们交流，很冷漠。我们希望她的身边能有家属陪伴在侧，生怕她突然出走。我们医护人员巡视病房的时候总会下意识地看看她是不是还在床位上。记得有一次我上中班，看到她独自躺着，便试着跟她交流。我说：“你家里人呢?”“他在开水间泡水。”我接着说：“我帮你把床栏拉上去。你有事情就拉床头铃叫我。”“我知道。你不用怕我会摔倒。我会乖乖躺好的。”虽然是短短的两三句话，但还是让我的心头泛起了些许波澜。她不比我大几岁，却备受病痛的折磨。而她所表现出来的平静也出乎我的意料，就像歌里唱的那样，“你的心有一道墙”。而我们这些护士该做的就是在她的心墙上开一扇窗，让她感受到来自我们的温暖的“阳光”。

经过近一周的术前准备，她顺利地下了手术台。在医护人员与家属的齐心配合下，她一天比一天好起来，时常在妈妈或者丈夫的搀扶下来护士站转悠转悠，也会跟我们进行一些简单的互动与交流。虽然她仍旧不笑，但是我们能感受到在她心里的那道墙不见了，而她的家人现在也与我们有说有笑，一有问题就会请教我们。之后，她每隔21天都会来科里进行一次癌症术后化疗。有时候家里人在楼下办理手续时，她也会先来护士站跟我们打招呼、说说话。我们会很热情地回应她，询问她的情况。她的妈妈说得最多的一句话就是：“她喜欢来这里。来这里她会很乖，吃药也乖。”这时候的我们总是感到很欣慰。

其实，我们与她之间的和谐关系并不是靠什么高超的技术与经验促成的。我们只是做到了用心沟通，用爱感受，以护患关系平等为基础，在她原本闭塞的心墙上开了一扇窗，让她沐浴着阳光，在病痛的日子里多了一些慰藉，让我们的爱心在她的心墙内生了根、发了芽并结了果。

第二章

沟通的魅力

天使最美

急诊科护士长 周宏艺

那天夜班，和往常一样，我早早地穿戴整齐来到护士站，查看夜间工作情况。此时，一个陌生的声音突然响起："小周护士，20 年了，你还在急诊科啊?"

我循着充满热情的声音望去，只见一位头发花白的奶奶热切地望着我，而我却没有在记忆中搜寻出任何相关的印象。尽管我一脸困惑，但对方热情不减，拉起我的手，说起了相识的原委。原来她是丁阿姨。记忆的闸门随着丁阿姨的叙述被打开了……

事情发生在 20 年前的冬天。那天，丁阿姨独自一人来到我院输液室输液，并挑选了靠门的位置。因为其他患者为图方便，进出后都会留条门缝，所以门口的位置总让人感觉特别寒冷。于是每次有人进出，丁阿姨都会起身把门关上。这让其他患者感到不满，气氛甚至一度紧张。双方一见到我都拽住我，各说各的理。我知道，如果处理不当，不仅双方都不会满意，医院的形象也会受影响。怎么办? 经过思考，我先把双方劝回座位，然后问丁阿姨："丁阿姨，你为什么喜欢坐在门口呢?" 丁阿姨说："我才不喜欢。我只是怕我儿子来的时候找不到我。我坐在门口的话他一眼就看见我了。" "丁阿姨，你看这样行不行? 我帮你搬到靠窗的位置。这样，你既可以看看窗外的风景，又可以看看儿子有没有来。" 丁阿姨白了我一眼："不要。窗口靠着暖气片，太热了。我会头晕的。" 我微笑着说："丁阿姨，这样吧，我扶你到离暖气片远点但又看得见窗外的位置。如果你觉得热，我再给你调位置。你告诉我你儿子的特征。如果他来了，我就领他过来找你，好不好?”丁阿姨有点不甘心，看了一眼旁边的患者说：“为什么我要让他？我怕他不成?”我笑着说：“丁阿姨，你看，来医院的人都是来看病的。如果心情愉悦，病就好得快。靠窗的位置风景好，望望窗外的绿色还能缓解视觉疲劳。说不定啊，明天你的病就好了。”丁阿姨阴沉的脸终于露出了笑意，于是她在我的搀扶下调换了位置。一触即发的争吵得以避免。

此后的20年里，我再也没见过丁阿姨。也许窗口的风景真的让丁阿姨恢复得很快，也许丁阿姨恰好没有在我当班时来看过病，可是她那一声“小周护士”，让我觉得一切仿佛就发生在昨天。我是一个平凡的护士，做的都是平凡的小事。当患者不安时，我会去安慰；当患者不满时，我会去化解；当患者恐惧时，我会去鼓励；当患者失落时，我会去激励。也许，我不会每次都成功，可是当我用心去了解患者的需求，当我从患者的角度去考虑问题，当我真正以患者为中心时，我相信我的努力必将换来一定的收获。当年，我只是做了一个护士该做的事，说了护士能说的话，却让一个老人记了20年。这对我来说，同样是一份感动，一份收获，一份褒奖。

青丝逐渐变斑白，容貌也已有了改变，但不变的是受帽时的初心和宣誓时的坚定。20年来，我已记不清有多少个李阿姨或张阿姨，但是我紧紧牢记“良言一句三冬暖”。尤其当我面对的是需要帮助的患者时，我关切的言语、善意的举动对他而言可能是不可多得的良药。我们的护理职业有严格界限，我们的工作却大爱无疆。

祝福你，我亲爱的患者

门诊部护士　叶　婷

苏州的冬天，寒风凛冽……不过，我们医院的门诊服务台“兰香服务岗”依然温暖如春。很多患者来到医院，不知道该找哪一个医生，看哪一个专科……有一对老年夫妇拿着病历在门诊大厅里不停地张望。原来他们是从农村来的，不识字，费尽周折才找到医院，但他们又不知看病的流程。我了解后，立即安慰他们：“不要着急，我会陪着你们看病的。”在我的带领下，老人顺利地看完了病。他们激动地握着我的手表示感谢。看着这对老夫妻欢喜离去的背影，我很开心。能够尽自己微薄的力量帮助他们，真是一件很有成就感的事。

作为门诊护士，我每天需要不停地为患者预检分诊，不停地回答患者的各种问题，为他们提供点点滴滴的帮助……

我没有值得夸耀的工作成绩，但患者的满意是对我工作的充分肯定，也是打造医院良好口碑的基石。

我也没有伟大的志向和多么励志的奉献精神。我只想好好地陪着我的患者。让患者舒服一点点，也算是我的成功。当然有时我会觉得委屈，明明是一样的年纪，别人可以理直气壮地有自己的“脾气”，而我却不可以。以前，我总觉得自己似乎永远没有拒绝的权利，只有一层层像枷锁一样的义务和自我谴责，似乎再多的努力和奉献都是理所应当的。多少次与朋友约好共进晚餐，却因患者的突发情况而改约；多少次家人突然生病，我却仍然默默坚守岗位，无法守护家人；多少次为了医院的迎检，下班后苦练操作，苦背资料……其中的苦涩只有自己知道，别人无法体会。在这样的时代，做一名护士是辛苦的、纠结的，但是既然选择了这份神圣的职业，我就要秉承南丁格尔的精神，无私奉献自己的青春年华！

在护理工作中，我经常会遇到一些令我感动的事情。身处异乡的我，前段时间吃到了具有家乡口味的烙饼。烙饼是一位70多岁的老奶奶做的。在治疗肺炎的过程中，她经常和我聊病情，从预防到感染，从并发症到痊愈，仿佛祖孙俩在拉家常，不亦乐乎。有一天下午快下班时，她竟给我带来了自己亲手做的烙饼。当时，我愣住了。这位奶奶竟如此细心，记着我偶然间向她提到的我喜欢吃的东西。在回家的途中，我一遍又一遍在心底祈祷，祝愿这位善良的老奶奶早日康复！

我曾和患者拍过亲昵的合影，收到过患者亲手执笔的感谢信，收到过患者送来的“温暖牌”牛奶，还在护士节收到过来自患者的祝福和鲜花。更让我欣慰的还是那些普通患者的朴实言语中透出的对我的信任和感谢。

哦，我亲爱的患者！当你们的心里存着感谢时，我的心里就收下了那份感谢。谢谢你们的理解和尊重。我想告诉你们，我愿意尽我微薄的力量，帮助你们。我虽然累但是很幸福。

致敬十二月

新生儿科护士长 伍 冬

又是一个简单明媚且阳光灿烂的日子。我坐在窗前，享受着午后阳光带来的融融暖意。11 月底母婴友好医院检查和二甲复审刚刚结束。这个 12 月的到来令我猝不及防。

记得当初填志愿时，我对护理专业并不是很了解。后来当我穿上白大褂，戴上燕尾帽时，我感到欣喜而骄傲。毕业后，我从遥远的四川来到了秀丽的姑苏城，被分配在吴中人民医院的儿科病区工作，成了吴医大家庭中的一员。后来凭着自己多年来的勤奋与努力，我担任了儿科护士长一职。

在我看来，医护人员除了要有医身外，还要有医心。我面对的是孩子，所以与他们的交流是充满童趣、真挚的。我会记住我管床的每个孩子的名字，而不只是冰冷的床号。查房进门时我会叫孩子名字最后一个字的叠音，如“明明”，然后主动过去抱抱孩子或抚摸孩子的头，问候一下。这无形中拉近了我与家长的关系。我知道，沟通无小事。怎样化解可能出现的矛盾，怎样安抚家长焦急的心，怎样面对各种突发情况，对于我来说都是无尽的考验。

2013 年我院正式启用新大楼，并开设了新生儿科。我从儿科调往新生儿科并担任了护士长，感到肩上的责任比以往更重了。在张文英主任的带领下，在我和科内护士姐妹们的努力下，从一般新生儿护理到第一例危重早产儿 RDS 的救治，从第一台无创和有创呼吸机的使用到 PICC 的开展，我们一步一个脚印，踏踏实实地走来，得到了院内外同人的高度肯定，我也终于体会到了“风雨砥砺，负重前行”的真正含义。

回望走过的路，我突然很庆幸。一切就像命中注定一样。随着临床学习越来越深入，实践经验越来越丰富，我真正了解了护理行业，也越发热爱护理工作。在长期的临床一线工作中，我始终努力着，寻找自己的不足之处，及时改正，只求每天都有点滴进步。想要进步，只有愈加勤奋和刻苦，没有捷径。新生儿科承载着众多家长的期望。如今我也渐渐明白，能力越大，责任就越大。

12 月，大家依旧忙碌着。下了班之后依旧要再想一想今天的工作是不是都做完了，有没有遗漏的地方。身为护士长，我经常告诉我的姐妹们，护理这一行，我们做得越久，其实越害怕。害怕的当然不是护理这个职业，而是工作的失误。我们从事临床工作越久，看到的和学到的就越多，对疾病变化的预见性就越强，再加上对这一身白大褂的尊重，对生命的敬畏，工作时更是一刻也不敢放松。除了工作外，我们还要充分利用休息时间参加各种培训和学习，提高自己的专业水平，同时还承受着外界对护理行业的不理解和不尊重。工作上的压力和辛苦，工作与生活的不平衡，只有我们自己知道。然而，虽然心里有“坎”，但只要有患者的一声谢谢，心里的那道“坎”就瞬间崩塌了，我们就会觉得一切都是值得的。我们有必要做好每一个细节，把握好每一个环节，用心服务，用情呵护，用爱心诠释白衣天使的精神内涵。

斗转星移，花落花开，但我们一直未忘初心。是的，这个世界是美好的。虽然我们的工作平凡又忙碌，但我们愿意为了人类的健康而奋斗终生。且将我们的激情与热忱酝做佳酿，致敬十二月，致敬每一个平凡的日子，敬伟大与失败，也敬生活和真我！

我把青春献给了你，我的孩子

儿科护士 张 艳

如梦的年华，有诗的青春，在那个懵懂的年纪吐芽、开花，“我把青春献给了你，我的孩子们”。回忆往昔，两年前7月的那天，我开始肩负起作为一名白衣天使的职责，成了一名儿科护士。

今天，又是崭新的一天。阳光斜射入房间，闹铃在丁零作响。我睁开惺忪的双眼，一看时间是6:30，于是迅速穿戴洗漱完毕。今天清晨有点冷，我匆匆赶到医院时已经7:10。“还好，没迟到。”我喃喃自语。我穿上白大褂，戴上燕尾帽，在镜前理理自己的妆容。总想把最美的微笑留给孩子们。

7:30做晨间护理。经过一夜，原本整洁的病房变得格外凌乱。由于儿科的特殊性，病房内尿不湿、奶瓶、玩具等一应俱全，但家长们总是将这些物品随意放置。这就要求我们床位护士在短时间内帮着整理整齐并打扫干净。我们简单询问完一个小患者昨晚的病情，然后再步入下一间病房。询问完所有分管床位的小患者后，我们对他们的情况有了大致了解。

8:00大交班时，大家整齐地站在会议室内，听取夜班医生和护士汇报病情，科主任和护士长也会把重要事件向大家通报。

8:10晨间提问时，护士长会提问和宣教一些危重症患者的情况以及理论知识。我们每天都要学习巩固，不断丰富自己的专业知识，并且每周都会进行操作技能的演练。

8:25 床边交班时，床位护士跟夜班护士进行交接。我们会认真了解小患者们的病情，查看他们的皮肤、管路等情况。可爱的孩子们总会一个劲地叫着“阿姨早，阿姨好”!

8:45，我们开始治疗工作，认真仔细核对医嘱，把一袋袋补液配置完成。

9:10，我们推着装满补液的治疗车穿梭于各个病房，一边给小患者们输液，一边询问他们的病情。“护士，我们家宝宝鼓针了。”“护士，液体不滴了。”“护士，快来快来，宝宝吐了。”“护士，护士，我们家宝宝要换水了。”状况频发，而我们就紧张有序地去处理各种状况。

10:00 医生查房结束。在医生开好临时医嘱、出院医嘱等之后，我们便与医生核对医嘱，然后穿梭于各个病房。要是有宝宝要打针了，那声声让人心碎的哭声便会从操作间传来。在小儿科，穿刺技术至关重要，但是耐心、爱心、细心、责任心更是少不了。相比在成人科室，能“一针见血”对于我们来说是最欣慰的事情。

10:20 我们拿着耳温计、脉氧仪为一个个小患者进行测量。总感觉时间不够用，总希望时间能过得慢点。核对完全部医嘱时已经10:50。提交完医嘱，打印出明日的补液单时，就是大家最盼望的午饭时间了。我们匆忙吃完午饭，交接好工作，查看完自己分管床位上小患者的补液、置管等情况后，又开始了下午的工作。

12:00 我们来到小患者的床旁，耐心地给家长们做疾病的知识宣教，询问小患者们今日的病情。或许我们简单的一个问候就能够温暖家长们焦虑的心。接着，我们会坐下来在电脑上仔细地填写电子病历。然后给小患者们做各种辅助治疗，如肺炎理疗、腹泻理疗，还会给他们做各种检查。

最后一站的护理交班，是对当天工作的一个总结。终于盼到了

15：45。疲惫的我们在中班护士到来的那一刻，似乎全身又充满了力量。我们的“救星”来咯！

年轻的我们有时会遇到挫折，以及患者及其家属的不满和误解。心中的委屈和无奈，只有我们自己懂。但是我们有着坚韧不拔的意志，始终用坚定的目光望向远方，把美丽的青春献给这些最可爱的孩子们！

无声的沟通

骨科护士长　王小玲

世人眼中的白衣天使，穿着一袭飘然的白衣，戴着一顶别致的燕尾帽。白衣象征着纯洁的心灵；燕尾帽象征着守护生命的重任。医院是个特殊的地方，护士则是个特殊的群体。无数个日日夜夜，护士们感受着生存和死亡的交响乐章。她们负责病区的点点滴滴，大到医疗救护，小到更换衣物。哪里没有她们穿梭的身影？而人文关怀则是连接护士和患者的桥梁，让护患之间有了心与心的沟通。

2015 年 4 月 21 日，我和往常一样交完班，开始了一天的工作。突然听到 1435 床传来吵闹声，我急忙冲到病房。一位年轻的女患者非常激动地大声喊叫，挥动着双手，不让任何人靠近，并做出要下床的动作。她的家属急得团团转。一位中年妇女跪在床边流着眼泪，伤心地说：“孩子，你不要闹了，听娘的话配合医生的治疗，这样才能让你的腿康复。”患者的父亲也很激动：“都怪我们太宠她了。快 30 岁的人，一点都不懂事，到现在还像个小孩。”

这位患者叫小钱，她是一位聋哑人。那天早晨，她骑着电瓶车去上班。在过红绿灯拐弯时因为听不到汽车的喇叭声，加上汽车车速快，她来不及避让，被撞出 2 米远。X 射线检查结果显示右胫腓骨粉碎性骨折。由于骨折严重，她的小腿肿胀明显，需做跟骨牵引，待消肿后才能做手术。面对这突如其来的一切，小钱显得非常恐惧。不管家属怎么劝说，她都不听，闹着要回家。她虽然是聋哑人，但能通过写字与我们进行交流。我大致了解了情况后，让小钱的家属先到门外回避，让她冷静一下。

慢慢地，小钱开始安静下来，但一直在流泪。我看得出腿伤令她非常疼痛，同时她的心理也受到了极大的创伤。我走到她的床边，拿出纸笔写道：“小钱，我是骨科护士长，姓王。你可以叫我王大姐。你现在感觉怎么样?”“王大姐，我的腿断了。我以后肯定要残废了。现在我疼得不得了。为什么医生不给我开刀，还要在我的腿上打钢针?我很害怕，怎么办?”“小钱，不要紧。你看你的腿肿得这么厉害。如果现在做手术，伤口肯定缝不起来，还会发炎，到时候就更麻烦了。医生给你打钢针是为了将你的腿拉正，为以后的手术做准备。”“那你让医生轻一点。”小钱用恳切的目光看着我。我立刻写道：“你放心好了，医生的技术非常棒。我让医生给你做好麻醉工作。”接下来一切都很顺利，小钱十分配合，牵引也很快完成了。我问小钱现在感觉如何。“王大姐，我现在好点了，谢谢你！”我对她竖起大拇指，写道：“小钱今天真勇敢，以后一定要配合医生的治疗，这样才能早点康复出院。”

这时我将家属叫了进来。小钱的母亲流着泪，握着我的手说：“王护士长，今天真的谢谢你。要不是你帮忙，我们还不知道怎么办呢。我这娃可怜，1 岁时得了伤寒。医院都下病危通知书了。因为当时的医学水平有限，医生给她用了庆大霉素。她的命是被捡回来了，但她丧失了听力。所以我和她爸都宠着她，什么都听她的，以致她的脾气很坏。给你们添麻烦了。”我笑着说：“其实小钱还是挺懂事的。她可能需要适当的沟通方法。以后如果需要帮忙，你可以找我们病区的任何医务人员。”

接下来几天，小钱偶尔发点脾气，但不影响治疗。慢慢地，她和病区的医生、护士熟悉了。可是到了手术当天，小钱怎么都不肯去手术室。我拿出纸笔写道："我们不是说好了要配合治疗吗？"她说现在很害怕，问我能不能让她的母亲陪她一起到手术室。我写道："手术室是无菌环境。若你的母亲进了手术室，你的手术切口容易发炎，手术也会受影响。那这样，我和你的母亲一起陪你到手术室门口，然后我让医生来接你，好不好？"她平静地点点头，在手术室打麻醉时也很配合。手术十分顺利。回到病房，小钱还做了一个胜利的手势。

经过一段时间的伤口换药、患肢功能康复锻炼后，小钱如期出院了。出院前，她给我们医生和护士各送了一面锦旗："在我最困难、最痛苦的时候，是吴中人民医院的医护人员给了我希望和帮助。谢谢你们！"

由此我想，医护人员与患者之间的沟通，需要的不是奢华、浮夸的词汇，也不是晦涩的专业术语，而是医护人员给予患者的关心和呵护。我们的语言也许很简单，却如此深入人心。

嗨，护士，谢谢你

新生儿科护士 许姗姗

“嗨，护士！”

外面下着瓢泼大雨，风夹着雨四处乱撞着。刚结束一天繁忙工作的我，站在医院门口，顿时烦躁到极点。正愁着怎么回家的时候，一位面带微笑的阿姨正朝我的方向望着，可是我还沉浸在自己的烦躁情绪里。

“嗨，小妹妹。”

阿姨又喊了我一声。我突然回过神来，望着阿姨。她手上还抱着一个熟睡的婴儿，后面站着一位年轻的妈妈。阿姨微笑地看着我。我还没来得及开口，阿姨就继续说道：“你不记得我们了吗？之前，我们的宝宝生了黄疸，在你们那住过院。”我愣了一下。虽然脑子里还是没什么印象，但是出于礼貌，我微笑地回应道：“哦，是吗？现在宝宝挺好的吧？”“嗯，这不是带宝宝过来复查嘛。当时真的辛苦你们了。谢谢。喏，宝宝在睡觉呢。”“呵呵，真可爱。”“宝宝的爸爸把汽车开过来了。我们要回去啦。真的谢谢你们，谢谢。再会！”阿姨真诚的目光让我觉得很温暖。看着她们离去的背影，我还是没能回忆起来。不过这个时候她们是谁已经不重要了。她们是在我为宝宝做了短暂的护理后记住我的人，也是出院之后还能认出我并跟我说谢谢的人。她们给了我力量，支撑我继续前行。此时，之前的烦躁被一扫而光。我的心里乐开了花。

由于新生儿科必须是“无陪护理”，所以我更多的时间都是和刚出生的小宝宝打交道。他们饿了就会哭，困了就会睡，不会跟我话家常，更不会跟我抱怨。我每日精心护理这些小天使。他们不会说谢谢，但是听到他们均匀的呼吸声，看到他们无意的一个笑容，还有吃完奶后满足的样子，我都倍感幸福。这是他们与生俱来的魔力吧。看着他们，我会暂时忘却工作的压力。我要谢谢他们，谢谢可爱的小天使们。

同理心

手术室护士长 丁国芳

“嘟……嘟……嘟……”寂静的手术间回荡着心电监护仪发出的声音。时间一分一秒地过去。该做的事情我都做完了。抬头看了一下挂钟，时间才过了5分钟。平时过得飞快的时间现在却像被施了魔法一样，走得特别慢。

作为手术室的一名护士，我每天一上班，就忙个不停。有人形容手术室的工作就像一个不停旋转的陀螺，中间没有休息。我每天忙忙碌碌，像现在这么空闲反倒不习惯。我静静地坐在手术间，期待着手术医生能够快点结束抢救，来到这里。

我看着躺在手术床上的老太太，只见她眉头紧蹙。我心想：手术医生什么时候才来啊？之前电话联系时医生说要先抢救一个患者，结束了才能来做手术。我正想着，老太太发问了：“妹妹，现在什么时候了？医生怎么还不来啊？”听到她反反复复的这几句话，我顿时觉得很烦，心想：“我已经和你解释过很多遍了，你还要问。烦不烦啊？医生什么时候来我怎么知道啊！我也着急呢！”我这么想着，竟不由自主地说了出来：“才过了5分钟，你又问我。不是跟你说过了嘛，医生在抢救患者，结束了就会来的！”老太太听我这么一说，突然就坐了起来，大声说：“我不做了，我不做了，不知道要等到什么时候。我要回家了！”

虽然有不满和委屈，但我还是走到老太太的身边，赶紧安慰她。

通过进一步的沟通我才得知，老太太主要是怕等在手术室外的小辈们担心。小辈们都很孝顺，知道她今天做手术，都在外面等候她。

了解了老太太的顾虑和担心后，我舒了口气。于是我来到手术室门口的家属等候区。我刚叫完老太太的名字，一下子就有好多人过来，将我团团围住。我向他们解释了原因，请他们放心。看着老太太的子女们脸上突然放松的表情，我感觉自己此前真是考虑得不太周到了，没有及时跟老太太和她的家属们沟通。如果我早点跟他们说，大家就不会这么着急，老太太也就不会发脾气了。

回到手术间，我向老太太汇报了外面的情况。老太太便安心地躺在手术床上等手术医生了。我也没有顾虑了，开始和老太太闲聊。医生终于来了。手术进行得很顺利。

手术结束，我送老太太出去的时候，她对我说："妹妹啊！谢谢你哦，一直陪着我说话。我之前还对你那么凶，真对不起！辛苦你了！"看着她脸上的笑容，我心中不是滋味。眼前这个老太太，刚做了手术，那么虚弱，还要反过来照顾我的感受。

突然，一声响亮的哭声把我的思绪拉回了2017年。当时，一个1岁多的小孩被安排做手术。科室里的一个护士抱着小孩，把小孩的头靠在她的肩膀上。小孩的眼泪、鼻涕、口水把她的衣服弄脏了，但她并不介意，仍然抱着他，安抚他。偶尔有几个经过的医务人员看见孩子，也会停下匆忙的脚步，逗一下他，想办法让他开心。回忆起这一幕，我不禁为我们的团队叫好，为我们的团队感到骄傲！

暖暖的一刻

供应室护士长　朱秀娟

当我还是职场“小白”的时候，妇科和产科是不分家的。然而，随着专业的快速发展，妇科有了区别于产科的特殊领域。妇科病房收治的不再全是待产的准妈妈，还有很多特殊的孕妇，其中有孕检发现畸形来引产的，有保胎无效流产的，等等。这些孕妇的心中更多的是无奈和苦涩。

在分管的床位上，有一位患者叫小敏，年龄和我相仿，怀孕 6 个月。在大排畸的时候，小敏被查出孩子不健康，迫于无奈，只能选择引产。入院后，她的情绪一直很低落，时不时地低声哭泣。我知道这个孩子对于他们夫妻俩来说是来之不易的。因为很多原因，她到了现在这个年龄才有了第一胎。本来生活是充满希望的，但突然的打击似乎让一切都没有意义了。我能感觉得到夫妻俩的痛苦。

一日，刚打完引产针的小敏正在房间发呆。我走过去刚好看到她手里拽着一双婴儿袜。

“小敏，你现在肚子疼吗?”

“还没反应，不疼……”小敏低声说。

我摸了摸她的肚子，轻声安慰她:“小敏，你的心情我完全理解，宝宝也会理解的。你不是抛弃宝宝。正是因为爱他，你才不能让他带着不健康的身体来到这个世界。只要你把身体养好了，他就会变成另外一个天使来找你的。”

“真的吗?”小敏抬起头，声音略带激动。

“当然，你那么爱他，他会感受得到的。你一定要振作起来啊!”

小敏点点头，慢慢地把婴儿袜收进了柜子里，轻轻擦去了眼角的泪。

接下来的两日，小敏的产程进展顺利。小敏进产房前，我倒了一杯温水递给她的丈夫:“让她把手机带在身边，有事可以联系到你。你去给她买点吃的。她吃饱了，才能有力气。”这个淳朴的男人朝我微微一笑表示感激。

第二日，我巡视病房。“小敏，你要记得，产后这几天要少喝汤，不然乳汁分泌多了，胸部就会胀。我先建议床位医生给你开点回奶的药，尽量减少你的痛苦。”随后，我找了两块棉布，缝了两个袋子，分别装了皮硝。“小敏，你把这两个袋子敷在胸部可以回奶，我泡的炒麦芽水你就把它当水喝。”

“谢谢你想得这么周到。你那么忙，还亲自给我准备好布袋。我觉得你就像亲人一样，设身处地地为我着想。”小敏紧紧拉着我的手。“你是我的患者。我们共同相处那么多天也是缘分。或许我没有能力给你最直接的治疗，但我希望你在身体承受痛苦的时候，心是暖的!”我宽慰着小敏。

“有时去治愈，常常去帮助，总是去安慰”，这句感人的话是美国一位名为特鲁多的医生说的。它诠释了医学界崇高的人文关怀精神。是的，没有人文关怀，就没有护理；没有人文关怀，就没有优质护理服务。

多一句话温暖你我

普外科护士　张　婷

今天，正当大家忙于工作时，一个熟悉的声音响起。原来是甲乳外科的“老朋友”彭大妈来住院化疗了。

记得彭大妈首次住院时，特别爱提问。即使有同事回答了，她也会去问其他同事同样的问题。所以大家在忙的时候对她的做法颇感“头疼”。

我没做过彭大妈的床位护士，对她的“大名”却早有耳闻，心想，我负责的床位上好像没人出院，她应该不会被分配到我的护理范围。谁知，主班老师问了医生，得知正巧我负责的床位上有人出院，于是我就成了她的床位护士。接到通知后，我连忙去铺好床铺，然后让彭大妈躺在床上等医生开医嘱。她对医院的住院流程已经很熟悉了。在办好相关手续，做完一系列检查，并和医生请了假后她就回去等待化疗住院了。

化疗那天，因为彭大妈采用的是输液港，需要插针，加之她的老伴已催了多次，所以待药被送来后，我就以最快的速度加药，准备去为她插针输液。但当我推着治疗车来到她的床边时，她的老伴说：“你还是喊护士长来插针吧。上次的小姑娘插了 3 次都没插好。”他显然不信任我。我对彭大妈说：“彭大妈，我是你的床位护士。要不先让我看看，摸一下你的港体。如果我没有十足的把握，就喊护士长来帮你插。你也给我一次机会，好吗?”听我这么一说，他们俩不吭声了。我摸了摸港体，觉得信心十足："彭大妈，相信我，我保证一次成功!"可能被我的真诚打动了，她同意了。我继续指导她："彭大妈，我先给你消毒。我插针的时候，你深吸一口气屏住。我说'好了'后你再呼出来，行吗?"她点点头。我很快插好了针。"小张，你插针时我都没感觉，一点也不痛。"她十分惊喜地夸奖我。我笑道："那也是因为彭大妈你配合得好。要不是因为你这么标准的深吸气，我也不会一下子定好位直接插进去。"她和老伴都笑了。

这次彭大妈的化疗方案有了变化。医生已和她谈过了新药的副作用和不良反应。也许是因为我的表现令他们对我产生了好感，她的老伴就来问我关于新药的各种问题。我详细地把相关知识告诉了他们，顺便做了一次心理护理，让他们放松心情。最后我说："彭大妈，用药的时候我来给你操作。如果有什么问题，你一定要告诉我。"这时她明显放心了。

用药的时候，我又和彭大妈说明了药物的副作用和常见的不良反应。在她输液期间，我一有空就去看她，和她聊天，问问她的反应。第二天我一上班，她就迫不及待地和我说起昨天用药之后的各种感觉，还告诉我她的喝水情况等。我耐心地聆听，并解答她的问题。回到护士站，我仔细回想，觉得很欣慰，因为刚入院时她不太愿意和我交流，现在竟主动和我说了那么多。就这样，直到最后她出院了，我都没觉得她是一个令人"头疼"的人。

当彭大妈下一次住院的时候，我已上中夜班。凑巧的是，她化疗的那天，正好轮到我上她的床位班。那天早上她的老伴看到我，说的第一句话就是："小张，是你啊。那我就放心了!"这微不足道的一句话，却深深感动了我。这是患者家属对我的信任!彭大妈在后来的几个月间来院多次。偶尔碰到我上床位班，他们夫妻俩就会问我很多他们不清楚的问题。每次看到我，他们都会说："小张，今天又是你啊。我们的运气真好！”每当听到他们这么说，我总觉得心满意足。在化疗期间，彭大妈悄悄地在病区意见簿上写了表扬信，提到的第一个人就是我。虽然这几次她的床位护士都不是我，但她第一个想到了我。

在护理工作中，我难免会碰到所谓“难搞”的患者，但是我相信，只要我发自内心地关心他们，用我的技术和真诚去帮助和打动他们，再“难搞”的患者也会乖乖地配合。可能他们会逞强，说一句不好听的话，但是在行动上都会按我说的做，甚至可能会站出来帮我劝说其他不配合治疗的患者。所以在当今强调优质护理工作的大环境中，我们不单单要满足患者生理上被护理的需要，更要在心理上给予患者关心，以我们的真心、关心、耐心，换取患者的安心、放心、舒心！

快乐之源

产科护士　俞晓蕾

“今天怎么样?”“晚上睡得好吗?”“现在几分钟痛一次啊?”

“护士，我今天胎动不多，要紧吗?”“我见红几天了，怎么到现在还不见动静?”“我的宝宝有点大，会不会生不出?”……

每天，我们面对着不同的孕妇，却重复着相似的对话。这让我们懂得了产科的特殊性和重要性。我们面对的是一群特殊的人，一群即将被冠名为母亲的人。这些人都承载着新生命，所以容不得我们有半点疏忽。我们与她们的每一次沟通，都是人与人的交流，更是心与心的触碰。

窗外下起了淅淅沥沥的小雨，又刮起了大风。十一月的天气就像婴儿的脸，说变就变。一次降温就让人冷得瑟瑟发抖，但“大肚子”们像约好了似的，每天还是有很多个来到医院。我们挥汗如雨，应接不暇，却又乐此不疲。

突然，有一位孕妇的家属气急败坏地说:“我老婆破羊水的时间已过去8小时，并且她腹痛5小时，但到现在她都还没生。你们就这样放着不管了，也不给她剖，太不负责任了。要是我老婆出了什么问题，我肯定找你们理论!”

我听闻后赶紧走过去说:“别急，你老婆的宫口现在已经开了1厘米，开满2厘米时我们就送她去产房。确实前几厘米开得比较慢。你心疼媳妇、担心宝宝的心情我们完全可以理解。你先别着急。”“我能不急吗？破水的时间都过去这么久了。羊水一直往外流。”“足月破水是正常的现象。就像一个灌满水的气球上面有了破口，水肯定会一直往外流。你现在这样着急焦虑，岂不是对你老婆的心理影响更大吗？这样反而不利于她生产。”“所以我们不要顺产，要求开刀。我看你们就是在推卸责任。”“开刀的风险远远大于顺产，我相信医生也跟你们说过了。你老婆眼看快要生了，你何必让她再去挨一刀。你应该在她旁边给她加油打气，而不是在这边和我们吵架。来，我跟你一起去床边给你老婆绑个胎心监护仪。听听胎心，你总该安心点了吧?”

我立马推上胎心监护仪，和这位家属来到产妇床边：“你现在感觉如何啊？几分钟痛一次？帮你绑个胎心监护仪吧。”我边说边熟练地把胎心监护仪绑好了。“大概2～3分钟痛一次。我一痛，羊水就不停往外涌。”她正说着，一阵宫缩又开始了。我立马握着她的手说道：“痛的时候深呼吸。”她按着我的指令深呼吸，额头上流下豆大的汗珠。我拿起纸巾给她轻轻擦拭，安慰道：“很好，你做得很棒。”

在她阵痛的间歇，我查看了一下羊水的情况：“羊水是清的，很好。你还有什么理由不自己生啊？放轻松。剖宫产也是很痛的。”“这羊水一直流真的没关系吗？我怕宝宝在里面会缺氧。”她紧张地问我。我指着胎心监护仪的屏幕，说道：“你看，宝宝的心跳强劲有力。胎动时胎心有明显的上升，这是宝宝健康的表现。现在宫缩已经很规律了。等疼痛持续时间再长一点，宫口很快就会开大，宝宝就会与你们见面了。你的情况我们都清楚，胎心监护仪也会一直绑到你进产房。放心吧，一有异常，我们立马会给你处理。”

真诚的沟通和坚定的眼神令孕妇及其家属紧缩的眉头有了些许舒展。过了一会，伴随着阵阵胎心的跳动声，我们将这位宫口开满2厘米的产妇送入了产房。

此时外面寒风凌厉，产房内却热火朝天。又一个新生命诞生了。家属激动得向我们连声道谢。这一切不单单是我们工作的成果，更是一种幸福感的传递。而这幸福感好像会传染，让每个人都能感受到快乐。

我们的工作很平凡、很普通，但我们从事的是一个神圣的职业。我们用青春书写着生命的感动，体会着生命的意义。这就是产科护理姐妹们快乐的源泉。

爱的奉献

内镜中心护士　王敏芬

“这是心的呼唤，这是爱的奉献，这是人间的春风，这是生命的源泉。再没有心的沙漠，再没有爱的荒原，死神也望而却步，幸福之花处处开遍。啊，只要人人都献出一点爱，世界将变成美好的人间。”多么美妙的歌词，多么动听的旋律。身为白衣天使的我们，就像这首歌里唱的那样，每天在平凡的护理岗位上奉献着我们的爱心、耐心和责任心，真诚地与患者交流沟通。患者经过治疗后康复出院，迈着矫健的步伐走出医院大门，这是一幅多么和谐又美好的画面。

时光回到20多年前。那时的我还是一个刚走出护校大门、脸上带着腼腆笑容的小姑娘，对护士这个神圣的职业充满期待。记得第一天上班，被分到内科病区的我穿上崭新的工作服，戴上洁白的燕尾帽，迈着轻快的步伐，跟着我的老师走进了病房。老师亲切地和病房里的患者打招呼："老伯伯，昨天晚上睡得可好啊？咳嗽好点了没有啊？”“阿姨，早上吃了什么？胃口好不好呀？”简单的几句话，就像是亲人之间的嘘寒问暖，让人倍感温暖。老师还把当时还是职场“小白”的我介绍给患者们。那时的我只会露出羞涩的笑容，显得不那么自信，但我在那些老人的脸上并没有看到怀疑和抵触的表情，而是看到了他们慈祥和鼓励的目光。他们轻轻地跟我说："小姑娘，好好学。”有时，我为患者静脉输液、抽血不能一针到位时，总是紧张得涨红了脸，而他们总会安慰我："这不怪你，是因为我年纪大了，血管不好找。”朴实无华的话语折射出人性的善良。在内科工作的那段时光，在老师的言传身教下，我得到了锻炼和成长，一步一步掌握了护理操作技能，并真真切切认识到：一句亲切的问候、一个甜美的笑容、一声真挚的道歉，在我们与患者相处沟通的过程中显得何等重要。

20 年后的我，已从一名小小的护士成长为一名资深护士，从临床一线转到现在的内镜中心。虽然我离开了病房，但每天还是会接待很多来内镜中心做检查的患者。内镜检查要求患者空腹，所以谁也不愿意等候时间过长。这就需要我们护士与患者做好耐心细致的沟通工作，站在患者的角度考虑问题，针对不同的患者采用不同的沟通方式，争取得到患者的理解并让他们配合我们的工作。检查中，我们还要全力配合医生做好患者的其他各项检查，丝毫不敢怠慢。肠镜检查前的清肠准备工作看似简单，也需要我们利用专业知识，用通俗易懂的语言反复给患者讲解。

有人说护士是可爱的天使，在医院这个没有硝烟的战场上付出了自己的青春年华；有人说护士奉献的是丝丝温情、暖暖关爱、滴滴汗水、份份真心。也许，作为护士，我们没有大医精诚、悬壶济世的梦想，可是我们有小小的梦想，那就是让护患关系更加和谐，让人与人之间更加懂得尊重，让人间充满大爱。如果说生命是一首华美的乐章，那么只要我们怀揣一颗全心全意为患者服务的医者仁心，我们就会合着南丁格尔的节拍，将自己人生的乐章演绎得美妙动人。

爱的名义

ICU 护士　樊　婕

杜拉斯说过，爱是疲惫生活中的英雄梦想。生活在如此快节奏的时代，我们孤独，但都如此期待着被爱，被别人爱，被这个世界爱，以至于我们给很多日子都赋予了“我爱你”的意义。爱，其实很简单。牙牙学语的奶娃娃每天都会被引导着学说“我爱妈妈”“我爱爸爸”。爱也很直白。懵懂的青春时期是每个人最怀念的时光。那时候的天是蓝的，可乐是甜的。爱亦很沉重。驻守边关的兵哥哥常年难得回一次家，肩膀上的重任难以用语言去表达。古语有云：人之初，性本善。善即为爱。爱是什么？心脏跳动的地方就有爱。

5月1日

轮转的第一天，我怀着一颗忐忑的心来到一个对我来说很陌生的科室——重症医学科。封闭的环境，肃穆的氛围……这是一个位于重生与死亡之间的科室。当换好工作服，真正投入工作状态时，我感到自己的心情发生了质的变化。与普通病房不同，面前躺着的每个患者的身上几乎都插着各种不同的管子。他们戴着呼吸机，与死神做着顽强的抗争。他们当中有意识清醒的，有浅昏迷的，也有嗜睡的，但也有共同点：全都不能动弹，丧失语言能力，长时间忍受着病痛反复无情的折磨。当得知有好几个患者就这样已经住了几年时，我的心情难免有些复杂。看着这些陌生的脸庞，我不禁感到一阵阵心疼。

5月7日

我在这儿工作已经一星期了。一星期的融合与磨炼，让我差不多适应了这里的一切，也熟悉了一些患者的基本情况。忙碌的一天过去了。我回头看看他们的脸庞，会觉得疲惫已消去了大半。那种感觉与在普通病房的感觉是不同的。与他们待久了之后，我觉得他们都很可爱。有位清醒的患者叫老王，以前是老红军，特别爱敬礼和握手。每天早上我们给他做完基础护理，他都会向我们伸出手，象征性地在我们的手上拍两下以表感谢。有时我们走到他身边，他也会举起他的右手，向我们敬个礼。虽然他说不了话，但红军精神一直深扎在他的骨子里。

5月20日

今天的天气依旧阴沉沉的。老王这几天一直反复发高烧，整个人萎靡不振。我看着他布满血丝的眼睛，心又有点隐隐作痛。我们走到他的床前，他却已经没有力气像以前那样给我们敬礼了。有时候他伸出手想跟我们握一握手，有时候他只是费力地抬起眼皮，微微地对我们点点头，或快速地眨眨眼。我们以专业的护理技术细心呵护着老王，希望为他减轻痛苦，哪怕是一点点也好。不忙的时候，我们习惯性地走到他的床边。老王已经没力气握住我们的手了，但我们有力气啊，我们握住老王的手，就这样默默地陪伴着他。我相信，此时我们的心是连在一起的。

6月2日

老王依旧是那个威武帅气的老王。阶段性的病痛并没有打败他。恢复了精气神的老王又开始见人就敬礼，用握手表达谢意。他的开心之情难以言表。我向窗外望去，只见温煦的光芒照耀四方，明亮而不刺眼。又是美好的一天。明天依旧会到来，幸福依然在身旁。

突然想到电视剧《夏至未至》中有这样一个桥段，剧中人物祭司因创作《从未出现的风景》荣获一等奖，在阐述这幅画的创作理念时他说道:“每个人的生命中都会有一位守护他的天使。这个天使如果觉得你的生活有点悲哀，你的心情有点难过，他就会化作你身边的某一个人。也许是你的朋友，也许是你的恋人，也许是你的父母，又或许是仅有一面之缘的陌生人。这些人会出现在你的生命里，陪你度过一段快乐的时光。所以，不知道有一天他会不会不动声色地离开，但是，你的记忆里就多了一段幸福的回忆。即便将来的生活中布满风雪，但是你依然可以想起曾经幸福的回忆。我相信，每个人的生活中都会有一位天使。当时机成熟时，他就会来到你的身边，带给你不一样的生活，引领你走向更远的路。”所以，让我们以爱为名，与爱同行，化身为天使，守护我们想守护的人。

愿你被深爱，也愿你深深地爱着这世界。

将护患沟通与和谐连接

输液室护士　崔　红

沟通是通向和谐的五彩桥。良好的沟通有利于构建和谐的人际关系，促进和谐社会的建设。生活不能没有沟通，就像傲视苍穹的红杉不能没有坚固的根基，芳香四溢的鲜花不能没有阳光。护患沟通作为护理工作的重要组成部分，必然在护患关系的构建中扮演着至关重要的角色。

护患沟通是护士与患者及其家属、陪护人员之间的沟通。护患沟通做好了，自然可以建立互相信任的良好护患关系。作为护士的我们应该如何做好护患沟通呢？

首先，护患关系是一种专业性的互动关系。这就要求我们护士必须具备扎实的基础知识和熟练的专业技术，能为患者提供全方位的护理，能及时回答患者所提的问题，让患者知道所患疾病的一般知识、检查过程、治疗目的及护理要点。同时我们也要不断地学习，与时俱进，巩固自身的专业知识，掌握更多医学前沿内容。

其次，护患关系是一种特殊的人际关系。在护患沟通过程中，我们要掌握一定的沟通技巧。

良好的第一印象是一张有效的见面卡。我们被称作白衣天使，就应该是心灵美和仪态美的象征。所以庄重、大方、干净的仪表就显得尤为重要，往往会给患者留下较好的印象，使我们更快地得到患者的信赖。

灿烂的微笑是一粒有效的安抚丸。我们要做有修养的护士，掌握微笑的分寸。当患者伤感时，我们应收敛笑容，改用关怀的言语去安慰他们。当我们陪伴患者，询问他们的病情和需求时，则要用体贴的言语和发自内心的微笑去关心他们……微笑能使患者感受到温暖。

恰当的语言交流是一剂有效的催化剂。与患者交谈时，我们首先要做好自我介绍，正确称呼患者。要使用简明通俗、条理清楚的语言，避免使用过多的专业术语。要多说有利于患者恢复健康的话，传递有利于患者恢复健康的消息。其次，我们要选择适宜的交谈环境，诚恳地聆听患者的倾诉。再次，我们要尊重患者的隐私，对不方便告知患者的病情及诊治措施也要保密。

我们是护士，不仅仅是医生的助手，更是独立主动开展整体护理工作，以满足患者生理、心理多方面需求的主体！我们必须担当起专业护士的责任！

做好护患沟通，促进护患和谐，从我做起，从现在做起！

第三章

沟通的责任

生命的守护者

呼吸内科护士长　钱爱萍

小月是我 20 多年护理生涯中碰到的最特殊的一个患者，因为她是一个艾滋病患者，而且还是一个被“丈夫”无情抛弃、身边没有任何亲人的异国患者。

记得 3 年前的一个春天，窗外飘着蒙蒙细雨。正值午间护士交接班时，一名男子推着一个轮椅进来了。轮椅上坐着一个 30 来岁的女子。女子看起来十分痛苦，呼吸急促，口唇发绀，脸色潮红。护士们连饭也顾不上吃，马上为她安置床位、做心电监护、补液、擦身、做物理降温，并给她吸氧。经过半个多小时的处理，她的病情终于稳定下来。她，就是小月。

但是下午，床位护士在给小月做入院评估及宣教时，小月反馈的信息与上午推着她来的“丈夫”提供的信息不一致。她的话很少，好像对我们有抵触情绪。当初我的第一反应是，她肯定有难言之隐。但为了配合诊治，我们必须获得正确的信息。我想，只有她充分信任我们后，才会把她心中的话说出来。于是我每天都有意无意地和她套近乎：“小月，昨晚睡得怎么样啊?”“今天早饭吃了什么呀?”“小月今天气色不错哦。”经过我两天的努力，她的态度终于有了改变。我帮她擦身以后她会对我说声“谢谢”，但当我问起她的家庭情况及具体发病原因时，她还是不回答。我想，只要我们真心对待她，她总有一天会理解信任我们的。

在小月入院的第 5 天，她的检查结果终于出来了：她处于艾滋病活动期。医生把她的病情告知了她的“丈夫”。但就在得知病情后的第2天，她的“丈夫”为她买完早饭后就默默地离开了。她失落到极点，拒绝进食，拒绝治疗。看着这个可怜的女人，我不知道该怎样安慰她，因为在她最需要亲人的时候，唯一的“亲人”也离她而去。我想，此刻任何人的安慰也许都是苍白无力的，但无论如何我也要尽力去帮助她。于是我搬了一个凳子在她的床边坐下，拉着她的手说：“小月，我知道你现在非常难过，但你要振作起来。想想你年幼的孩子和你年迈的双亲，他们正盼望着你早日回家呢。我们会帮助你渡过难关。”之后，病区里的护士们每日轮流给她买饭、喂饭。

一天下午，我又来到小月的床边。因为高热的原因，她出了好多汗。我轻轻地说：“小月，你的衣服都湿了。我来帮你擦擦身子、换件衣服，再给你洗洗头吧，这样会让你舒服些……”还没等我把话说完，她抓住我的手“哇”地大哭起来。终于，她敞开心扉，向我述说了她不幸的身世。原来她是缅甸人，在家结婚并育有两个小孩。因为生活拮据，她不得不出国打工，做了一些不该做的工作，后来认识了现在的男人。此时她已经了解了自己的病情。她紧紧拉着我的手说：“护士长，求求你，帮我联系我的家人。我要见他们最后一面。”我使劲地点头：“放心吧，我一定会帮你联系家人，但你一定要好好配合我们的治疗，等你的孩子和父母来接你回家。”小月拼命地点头。从那天起，她按时吃饭，积极配合治疗，但由于病情严重，她在生命的尽头还是没等到她的家人，就这样满怀遗憾地走了。

虽然这件事已经过去3年了，但我还是记忆犹新。我为小月的不幸身世而感到惋惜，但也觉得她能在异国他乡、在生命的尽头，碰到我们这些最后的守护者，也算是幸运的。是我们，在她最无助的时候向她伸出了援手；是我们，抚慰了她受伤的心灵；是我们，让她有尊严地走完了人生最后的道路。

无声的感动

护理部干事 杨美华

2013 年 11 月 26 日中午，救护车送来一位摔伤的女患者。她腰部剧痛难忍。因为没有家属，没有交费，无法办理入院手续，她只好暂时孤零零地一个人躺在病房里，没有进行任何检查，只输了一瓶液体。下午 5 点我接班时，走到她床边，询问她的病情。她痛苦不堪，又无法言语，比画着莫名其妙的手势。我看不懂。但是患者极其衰弱，出了问题怎么办？我立即让医院食堂工作人员给她端来了稀饭、包子，并拨通了总值班员的手机。请示汇报后，我立即帮她办理住院，为她做了拍片等一系列检查……

她返回病房后，我再次来到她的床边，询问她的病情和受伤经过。这时，她又向我打手势，可能是想小便。我看到她额头上冒出密密麻麻的虚汗，两只手支撑着病床，浑身颤抖。她没有解出来，于是我遵医嘱给她插了尿管。她又来了例假。我就请护工帮忙去商店，给她买来了卫生巾垫上。但她仍然只是打手势想表达些什么。可能是一名聋哑人吧！我这样想着，仔细看她，20 多岁的样子，衣着干净朴素，面容姣好。我从口袋里掏出笔和纸给她。她那痛苦又紧张的表情终于放松下来。她颤抖着手写下了自己的姓名“李兰”和一串歪歪扭扭的手机号码。当时已经是晚上 7 点多了。我立即拨打了这个号码。对方是李兰的表姐，她的耳朵也不好。过了一会儿，李兰的表姐给我发来手机短信，询问李兰的情况……

晚上10点多，李兰的表姐坐出租车赶到了医院。李兰见到表姐，立即流下了委屈的泪水，拉着表姐的手不放。因为她的腰椎严重压缩性骨折，压迫了神经，她又插着尿管，只能卧床休息。表姐就留在医院陪伴她。第二天上午，病房里来了好几个人，都是李兰的朋友。他们围在病床前面不停地打手势，嘘寒问暖。这亲热的情景让我们很感动！

床位医生精心制订了手术治疗方案，给李兰使用便宜但有效的药物。作为床位护士的我，每天上午会指导李兰做腰部功能康复训练，一有时间就和她用写字的方式进行交流。从她歪歪扭扭的字迹中，我分析着她的病情，然后结合症状，向医生汇报。

出院前几天，我看见李兰在表姐的搀扶下，夜里偷偷下床，在病区走廊里试着走了一圈。她们俩返回病房后，高兴地在病床上大笑，像小孩子一般，你打我一掌，我擂你一拳。出院时，李兰和她的表姐找到我，用手向我比画着爱心，伸出大拇指直夸我。

与人为善，给人希望，是我作为一名医者的良知所在，也是我的责任所在。这样的故事告诉我，医者只要用心感受，用心去做，就会获得患者的理解和信任。

妻子的眼泪

血透中心护士长 陆卫芬

血液透析，是急、慢性肾功能衰竭患者肾脏替代治疗的方案之一。对于刚来到吴中人民医院血透中心的患者而言，第一次透析允许家属陪伴患者做完整个治疗。这样一方面可在宣教中让患者家属了解血透过程以及患者日常需要关注的问题；另一方面也可让患者缓解紧张恐惧的心理，更好地接受血透治疗。就是这种共同参与的机会，让血透中心的医护人员与患者家属之间有了一次互相了解、熟悉的机会，也为今后良好的护患联系打下了感情基础。

我记得那天是2017年10月18日。上午，一位中年妇女来到血透中心，自我介绍说是246班一位患者的妻子，有事要找护士长。带着心中的疑惑，也怀揣着对患者的责任感，我在百忙中抽出时间，热情接待了她。我拉着她的手，坐在她的对面静静地聆听。

一番交谈之后，我了解了她来医院找我的目的。原来她的丈夫做完血透回家后最近一周常感乏力、头痛、食欲减少，下班后到家就睡，话语也变少了。作为妻子，她看在眼里，急在心里，时时担心着丈夫的病情。而且，她丈夫自47岁起就来我院做血透治疗，转眼快5年了。尽管她的丈夫的血透药费有国家低保政策支持，她的丈夫还享受爱心基金补贴，家里经济也不算太拮据，但她的丈夫希望能做肾移植，所以至今还在一边打工一边做血透，想赚足肾移植所需的手术费用。可是，她的丈夫最近的表现让她很担心，于是她马上想到了我。在她的印象中，我比较和善，又很关心患者，所以她决定亲自来医院一趟，向我谈谈她丈夫的病情，弄清楚究竟是怎么回事，会不会有什么新问题。

在交谈的过程中，她眼里的泪花时隐时现，但她始终努力克制着，免得破坏了谈话的气氛。而此时，专注倾听的我深受感动。我感动于这位妻子对丈夫的关爱之情。泪水不停地在我的眼眶中打转。我们之间的距离一下子被拉近了很多，因为我们都心系着她那需要帮助和呵护的丈夫。

最后，我站起来告诉她，为了维护她丈夫的健康，防止出现新的问题，我决定打电话给她的丈夫，说服他马上来住院检查，以解大家的心头之忧，也解开他最近的不适之谜。电话里传来了患者那熟悉的声音。他说他同意立即来院检查。那一刻，这位妻子含着感激的泪水笑了，我也笑了，仿佛心里的一块石头落了地。

面对患者及其家属的痛苦，尽己所能减轻他们的痛苦，是一名医护工作者应尽的责任。

爱人者，人恒爱之

东大街分院院长助理 吴红华

在我们分院的老年患者中有一位周爷爷。他是一位饱经风霜的老人，阅历丰富，思路清晰，虽然现在经受着多种疾病的折磨，但是一见到我们，总是笑得眼睛都眯成了一条缝。每次见他在病区的走廊里一手拄着拐杖，一手拉着走廊边的扶手，来回走动锻炼身体，我都习惯性地想伸手搀扶他，但他总笑着摇摇头，有礼貌地推开我的手。

周爷爷今年 94 岁了。十年前他做完喉癌手术后住进了医院，其间又到外院做过前列腺和腹股沟斜疝手术，还患有腔隙性脑梗死和冠心病，可谓住院时间长，基础疾病多。最特殊的是，由于他的心功能只有 I 级，因此，对于他的原发性喉癌他只能做姑息治疗。这特别的治疗方式让他失去了发音功能，所以我们与他的交流自然存在一定困难。

好在周爷爷是个知识分子，年轻时曾做过国民党的文官，写得一手好字，因此我们准备了一个“交流本”，以笔和纸作为感情交流的工具。他将自己的需求写在本子上，我们也适时地回应他。通过这种方式，我们基本上能满足他的合理要求。但是当他的身体出现问题时，他遵医的依从性就会下降。比如前两天他出现了尿频和尿急的尿路感染症状。医生根据病情给予了抗生素的输液治疗，可是他刚输液了一天就不配合了，原因是当他询问为何输液时，护理人员只回答“你在医院里就听医生的。尿路感染需要输液”。他觉得没有得到满意的答复，于是就不肯配合了。

事实上，对于周爷爷这样文化层次高的老人，我们应该详细告诉他一些尿路感染的相关知识，抗生素使用的时间和必要性，每天的饮水要求，使用药物之后可能会出现哪些反应，应该如何处理，以及早期发现、早期诊疗对减轻喉癌危害的重要性。因此，我们和他的女儿一起做他的思想工作，以通俗易懂的语言给他讲解相关知识，慢慢地打开了他的心锁，最终他答应继续接受治疗。很快地，他尿路感染的并发症得到了改善。

通过这件事，我们总结了经验。

首先要尊重患者的人格，尤其要尊重老年患者。护理人员要和蔼亲切、热情有礼貌，做事要主动征求患者的意见，对非原则性的问题不要与患者争辩计较，要尽量满足患者的需求。老年人一般都有不同程度的健忘、耳聋和眼花，护理人员要予以理解，耐心回答老年人的询问，多跟老年人谈些开心的事，说他们乐意听的新闻、故事等，尤其是当老人说起多次重复的往事时，护理人员不可随意打断或表现出厌恶情绪。与老年人交流时，护理人员要将说话的语速放慢，将音量适当放大，并专心倾听老人的诉说。

其次，要为患者提供舒适、安全的疗养环境。老年人需要一个安静、整洁的环境。他们行动不便，特别是一些生活不能自理、丧偶无子女的老年人，更加需要护理人员的加倍照料和关心。因考虑问题的角度不同，患者会选择不同的行为来维护自己的权益，因此护理人员在说服患者的过程中一定要维护对方的自尊心，不可随意横加批评。任何简单、敷衍的回答都可能会引起患者的不满和不配合。引起对方的反感会影响沟通的效果。

最后，当患者愤怒时，护理人员千万要保持冷静，安抚好患者的情绪，不能以愤怒回报，待患者心平气和后，再耐心细致地做好患者的思想工作。最关键的是要及时和患者的家属沟通，让患者的家属参与到医患互动中，努力在工作中让患者和其家属满意。

有时候，一个眼神、一个微笑，就能打动患者的心，而我们的坚持与真诚更能促进护患关系的和谐。

翻身风波

骨科副护士长　张秀珍

时间过得真快。一转眼，我已经在骨科工作了20年。在这20年里，我护理过许许多多的患者，有付出，有收获，有委屈，也有满足。

记得三年前的一天，本来就忙碌的骨科病区来了一个多处骨折的女孩。她被安排在31床。我将女孩安置在床位上，量好血压，开通静脉补液后，就去照顾其他患者了。

谁知道没过多久，病房里就传出了争吵的声音："你们怎么搞的？患者这么痛，你们还把她翻来翻去。翻坏了谁负责？"一个身材魁梧的中年妇女一手叉腰，一手指着我们年轻的护士小郑大声质问道。

"如果不翻身，时间长了皮肤会被压坏的，会得褥疮，还容易引起肺部感染……"还没等小郑说完，中年妇女又发话了："你讲的这些我们不懂。反正孩子觉得痛就是不行。她的骨头要是移位了，你们要负责任。"我们的小护士哪里见过这个场面，脸憋得通红，一句话也讲不出。

听到吵闹声，我立马奔到病房，来到31床边上询问情况："怎么了？"

"就是她，把我的女儿弄痛了。"中年妇女说道。我一看，女孩躺在病床上，表现得很痛苦，而小郑不知所措地站在一旁，很委屈。

我微笑着对中年妇女说：“阿姨，你不要这么激动。我能理解你的心情，但翻身也是为了孩子好，可以让她调整卧位，使受压的皮肤不至于产生压疮，也可以预防深静脉血栓等，有利于她更好地恢复。我们护士都是有专业知识的。请放心，我们不会弄痛孩子，更不会使她的骨头移位的。”

“你们总有道理，我也不懂，但是孩子觉得痛就是不行。”中年妇女说道。

“这样吧，我们一起给她翻身。你也让女儿配合一下。来，小郑，我们一起来。”幸好女孩不是太胖，我们成功地为她完成了一次翻身。

忙碌的下午很快过去。快到下班时间时，原本平静的病区又传出了吵闹声。

又是31床。我急忙跑到病床边。原来是因为女孩补液之后急着要小便，但由于有耻骨骨折，不能下床去洗手间。护士给了她一个扁马桶，可家属不知道怎么使用，就和护士吵起来。

“阿姨，你的女儿输液后小便肯定会变多的。最好她自己能尿出来。你的女儿需要卧床，但小女孩不适合插导尿管，而且插导尿管容易引起发炎。她第一次在床上小便肯定会不习惯的。慢慢来。”

“那这个怎么弄？我女儿痛，又动不了。”中年妇女说道。

“这样吧，我们一起来帮她一下。”我拉上隔离帘，“来，小姑娘，双腿并拢，脚用力，把屁股抬起。”小姑娘很配合，努力抬起了屁股。趁她抬起屁股的一瞬间，我快速把扁马桶塞到了下位。

“小姑娘，你不要紧张，慢慢来，会解出来的。你们家属也不要围着，否则她会害羞的，反而解不出来。”说完我就走了。

过了十几分钟，我路过31床的时候，中年妇女又咋咋呼呼：“出来了！出来了！张护士，出来了！”我问：“什么出来了”。中年妇女面带开心的笑容，说道："小便出来了。"

解决了女孩的翻身、小便问题后，接下来的几天女孩都很配合我们的工作，顺利地经过了手术、术后康复、拆线。出院的时候，中年妇女拉着我的手说道："张护士，不好意思啊，刚来的时候因为心急，我的脾气大了点。你不要介意啊。"

"患者康复，是你的心愿，也是我的心愿。我只是做了我应该做的。"我微笑地说道。

其实，绝大多数患者和其家属还是通情达理的，有时他们只是需要一点理解和适应的时间。在这浮华喧嚣的尘世，让我们用爱、用真诚，在心底开出一朵朵温情善良的花朵，留一世的温暖于心间！

护患配合，共渡难关

产房护士 汤 静

作为一名助产士，我每天的工作主要就是与产妇和新生儿打交道。看到新生儿健康出生，听到那一声响亮的啼哭声，我倍感骄傲和自豪。工作10年来，只要踏进产房，我就像一名战士，准备随时“开战”，保持积极乐观的心态去帮助产妇。生孩子，对于产妇和她那一个小家庭来说，是极为神圣的事情。

早上8:00交接班后，我接手了一个夜班留下来的产妇。当时见到产妇的第一感觉就是：人矮，肚子大。产妇很烦躁，大喊大叫，在床上翻来覆去。我翻阅病史得知，该产妇身高只有150 cm，B超显示胎儿双顶径为100 mm，腹围为378 mm。B超数据提示巨大儿的可能性，还有脐带绕颈两周的风险。此时我的心里很担忧。我害怕她出现肩难产。她的丈夫在一旁表现得十分紧张。

我走到产妇面前进行自我介绍：“你好，我是汤静，是今天负责你的助产士。你今天一切的治疗和护理全由我来负责。你有什么需要和想法可以告诉我。”此时经过漫漫长夜，试产的产妇已逐渐失去了耐心，变得烦躁不安，不停地喊叫、抓头发、捶床。我知道每个产妇到了宫口近开全的时候都是最痛的。我与她交流的时候，她完全不听我的。我让她先保存体力，不要胡乱扭动。她烦躁地看了我一眼说：“疼死了。我可以做手术吗?”她的丈夫也赶紧接过话说：“护士，给她做剖宫产吧。她太痛苦了，我看不下去。”我一边安慰产妇，一边耐心讲解顺产的好处。这时候，她好像没有之前那样烦躁了，认真听我说话，按照我讲的方法做深呼吸。

看着她的丈夫不知所措的样子，我说："我们一起给她加油鼓劲。来，你跟我学，给你的老婆做放松按摩……对，很好。"她的丈夫小心谨慎地给她做按摩，生怕她不舒服。我对他说："其实你的老婆现在最需要的是你的支持。你这个时候千万不能气馁，要给她鼓劲。"

我一边做一边不停地鼓励产妇，给予她生理和心理的安慰，认真指导她做正确的呼吸。功夫不负有心人，终于在10:00的时候胎头露出来了！她和丈夫听到我说孩子快生出来了，激动地对我一连说了好几个谢谢。

我压住心中对肩难产的隐隐担忧，对她说："等下接生，你一定要配合好。你的孩子大，所以你先储备好体力。你放心，等会我也会喊人过来帮忙的。"

就在我转身去解手时，她立马说："护士，你别走。你要是走了，我会害怕。"听到这句话，我觉得很欣慰。我尽心的陪伴与指导换来了她如此大的信任。这就说明我前面做的都是值得的。

我走到她身边，拍拍她的手，说："我是去解手，马上就来。放心，别紧张。等会还是由我给你接生。"她和她的丈夫像是吃了定心丸，耐心而开心地等待着。

我们终于开始接产了。很快宝宝的头顺利娩出，可就在此刻"龟缩"出现了。我意识到发生了肩难产，立即启动肩难产紧急预案。医生与其他助产士听到呼叫后马上赶到分娩室帮忙。在场的医护人员一起把产妇的双腿向其腹壁屈曲。她和她的丈夫很紧张，不明白发生了什么事。我立即告诉他们，她现在出现了肩难产，要好好配合。我让她的丈夫先出去。她的丈夫毫不犹豫地出去等待了。

经过我们的努力，3 分钟后，孩子终于出来了。经过初步复苏，孩子发出了响亮的哭声。听到孩子的哭声，大家都松了一口气，产妇也流下了热泪。她知道她的孩子没事了，对我们不停地道谢。

我说："你跟你的丈夫都很配合。孩子重 8 斤 2 两，是巨大儿，所以你生得困难。你现在要做的就是调理好自己的身体，不要太激动，不然容易大出血。"听完我的话，夫妇俩压住内心的激动，对我说一定要感谢我。我委婉地回绝了。

两天后，产妇和她的丈夫特意送来了鲜花和锦旗，表达他们内心真诚的谢意。我为他们的举动感到惊喜，也为自己能帮助他们而感到由衷的开心。

在工作中，只要我们用心去做好每一件事，就会获得意想不到的结果。正所谓你对患者付出真心，患者就会回报你感恩的心。

太阳照常升起

内分泌科护士　周悦娴

当太阳升起时，或许每个穿上白大褂的人都曾经幻想过：今天的门诊部鸦雀无声，急诊科门可罗雀。但门诊部永远是人头攒动，急诊科永远是川流不息。

在这不尽的人流中，或许就有你。

你腹痛难忍，你头痛欲裂，甚至可能血流如注。

当你远远地看到醒目的红十字标志时，不管你是进还是不进，你都知道，有一群穿白大褂的人在那里随时准备帮助你。

穿白大褂的人是天使，时刻守护着你的安康。

“医生、护士，我饿了。”“放心，我有营养液……”

“医生、护士，我发烧了。”“放心，我有退热药……”

“医生、护士，我难受。”“放心，我会有办法……”

如此简单的话，可能让你觉得“白大褂”是无所不能的，或者觉得这一切都是理所应当的。

但是，你不知道，也许正是这些“白大褂”，为你遮挡了许多狂风骤雨。

海洋再大，也有盛不下巨浪的时候。请你谅解，也请你包容、理解。

因为不想有此一朝……

邪风摧杏林，乌云蔽青天。

寒光灼泪眼，殷血映白衣。

降临人间的天使，被砍去了翅膀，再也飞不起来了。

太阳啊，能不能转告未曾下凡的天使，不要再来人间！

太阳发出了强劲的光芒，赶走了邪风，穿透了乌云，照亮了白衣。

天使从未彷徨，从未迟疑，从未后退。

这，是一种使命，也是一种责任。

有一位诗人曾说过，把生命从尘埃中捡起，放到你的眼底，托在你右手的掌心里，在光明中高举，在死的阴影里把它收起。

“医生、护士，你们饿了吧……”“没事，我们马上就吃！”

“医生、护士，你们还没睡……”“没事，我们快干完了！”

“医生、护士，你们辛苦了……”“没事，这是应该的！”

春柳依依，夏雷震震。

秋雨霏霏，冬雪微微。

我们没事。

你们放心。

太阳照常升起，穿着白大褂的天使们，依旧义无反顾地飞往人间！

病房的一角

泌尿外科护士　季　莉

“你这个小护士，用的什么态度？刚说你两句，你就觉得委屈了？我是患者！你用这种态度对我，我要投诉你们……”住在泌尿科1540床的王大爷恼火地拍着桌子，额头上青筋暴起。站在他对面的是刚踏入临床工作的护士小敏。她似乎被这突如其来的指责吓住了，默默接受着劈头盖脸的斥责，眼里布满了泪水，双手局促不安地掐着衣角。王大爷的斥责声越来越大，引来了周围人的围观。原本安静的病房顿时喧闹起来。

事情是这样的：

那天上午，泌尿科的护士们推着治疗车走向各病房，开始了一天的工作。

“王大爷，明天你要抽空腹血，今晚10点之后不要吃东西，12点之后不要喝水，知道了吗？”小敏推着治疗车，路过1540床时简单地交代了一声。“抽血？怎么又要抽血啊？病还没看好，血都抽了好多遍。这不是浪费我的钱吗？”王大爷有些急了。“我这会儿正忙，稍后你问问你的管床医生吧。”小敏微蹙双眉，有些不耐烦地推着治疗车大步走开了。

王大爷出去问了一圈，但没获得满意的答复。气急败坏的他又找到了自己的床位护士小敏，质问道：“你们用的是什么服务态度？我找医生，医生让我问问护士；我找护士，护士不是说忙就是说不知道。我在你们科住着，要一个解释就这么难吗?”王大爷越说越激动，找不到宣泄的地方，只能把一腔怒火撒在小敏的身上。于是开头的那一幕就发生了。

护士长闻声赶来，简单了解了事情的经过后，默默地把小敏拉到身后，柔声安慰王大爷:“大爷，你别急，听我跟你说。我记得你入院时抽血做过化验。当时化验结果显示你血液中的电解质情况不太正常，含钾量比正常人低，所以你那一阵常常感觉四肢无力。我们也嘱咐你尽量少下床，家属要陪伴你出行。钾是人体重要的电解质之一，过多或过少都会引起一系列不良反应，严重者会危及生命。医生之前给你调整了治疗方案，现在过了一段时间要进行复查，看看你的指标是否正常。”

王大爷怒气渐消，语气也稍微缓和了些:“我也不是一个不讲理的人。如果早有人向我解释，我也不至于发这么大的脾气。”“是的，是的，这确实是我们工作的失误。我们的小姑娘刚工作，很多事情处理得不太到位。还请你多多担待……”

护士长安抚完王大爷，将小敏带回办公室，拍着她的肩膀，语重心长地说:“小敏啊，你刚来工作不久，可能缺乏经验。这本来是一件小事，但王大爷为什么会指责我们呢?我们对待患者要耐心、细心，要有爱心、责任心和同情心，这样才会获得患者的尊重和理解。而且在工作中，沟通很重要。它是一门艺术，值得我们终生潜心学习。良好的护患沟通，不仅能使患者建立起对医护人员的信任，增进医患感情，也能使治疗护理工作达到事半功倍的效果。”听了护士长的一番教导，小敏认识到了自己的不足，主动去给王大爷道歉。

接下来的几天，小敏一见王大爷就打招呼，嘘寒问暖。王大爷渐渐对我们产生了信任感，敞开心扉与我们攀谈起来。原来王大爷有前列腺炎、高血压，长期吃降压药导致了低钾。他有一个女儿在外地工作，不在身边。老伴已过世，他的条件也不太好。他想节省点钱，所以才会如此在意这次抽血。听了这些，小敏觉得愧疚难当，马上和床位医生沟通，能否在不影响治疗的前提下，为王大爷节省一点费用。床位医生同意了。

经过小敏的精心护理和照顾，王大爷很快康复了。他充分肯定了小敏的工作，临出院时还一个劲地跟我们说："谢谢，谢谢！"

特别的护患关系

血透中心护士 李 祯

血透护士每天都要面对一群特别的患者——维持性血液透析患者。也许这部分患者在余生的很多时间里都要与透析机器为伴。每天，护士们都会见到熟悉的面孔。久而久之，大家就像老朋友一样熟悉、亲近了。

由于透析工作的特殊性，护士要有很强的责任心和担当能力。装管、设置机器参数、穿刺以及把握抗凝剂的用量等，一件事都不能马虎。尤其在治疗中，每个患者始终有一定量的血液匀速进行着体外循环。任何小小的差错都会造成无法挽回的后果。所以血透护士必须一直坚守在透析室内，在血液没有回输至患者体内前必须高度警惕，巡视、检查每一个环节。我们经常说："安全上机，安全下机，确保患者安全是我们最大的目标。"

血透护士对透析患者的重要性不言而喻。尤其是对患者生命线——动静脉内瘘的守护，是确保患者能够顺利透析的关键。从手术建立内瘘开始，血透护士就要定时检查内瘘杂音，给患者示范锻炼动作，提供握力球，观察渗血情况，教给患者自我保健的方法。等到内瘘成熟，血透护士要进一步触摸内瘘血管深浅、走向，制订穿刺方案，介绍外用药物使用、热敷的方法。

血透护士也许总是婆婆妈妈的："老张，你这次的水涨多了，是不是吃粥啦?""老王，你回去热敷内瘘了吗?""老何，钓鱼太辛苦了，会影响血压，以后不要去啦。”而患者呢，会一一给予热情的回答：“我以后会注意的。”“我按照你说的做了。”“哦，我知道啦。”

血透护士也喜欢“斤斤计较”。为了平衡患者的摄水量和机器的排水量，防止水潴留或排水过多导致低血压，血透护士每次都必须认真为患者称体重。有没有多穿一件衣服或多带一只充电器等，血透护士都必须仔细询问，并精确控制脱水量。

血透护士更具有同情心。对于透析患者而言，身体上的痛苦、经济上的压力和心理的负担已经无以复加。很多患者都出现了抑郁和逆反心理，也有患者把愤怒发泄在血透护士身上，对血透护士恶语相向；也有患者自暴自弃，拒绝透析，放弃生命。面对这些患者，血透护士有责任成为他们心灵的指南针，帮助他们树立战胜疾病的信心和勇气。

血透患者是一群看上去平平常常却又极其特殊的人：他们活着，满怀着对生命的渴望；他们恐惧着，因为死亡无时无刻不在对他们虎视眈眈。而我们就是与他们朝夕相处的血透护士。特殊的科室，特殊的患病群体，赋予了我们特殊的使命。我们用精湛和娴熟的专业操作技术去关爱患者，为他们保驾护航，提高他们的生活质量。我们时刻关注着患者在透析中的任何一个动向，大到生命体征变化，小到一个夹子的开合状态，甚至连患者的一个哈欠是不是血压下降的表现，都是我们所关注的。应该说，透析时我们比患者更了解他们的病情变化。

血透室现有 70 个长期透析患者。我们 6 位护理姐妹在护士长的带领下，团结协作、相互帮助、尽心尽责，先后开展了无肝素血液透析、血液灌流、血液透析 + 灌流、血液透析滤过 + 灌流等透析技术。我们不怕苦不怕累，即使汗水湿透了衣服，我们也要紧盯着各种仪器管路和患者的各项指标参数。我们熟悉每个患者的病情甚至每个患者的秉性。我们都有扎实的血透基本功，特别是动静脉内瘘的穿刺技术。我们以高度的责任心、细心和耐心完成患者的每一次透析治疗。当各项透析指标达标率很高时，患者们都会发自内心的称赞我们。每次透析结束，他们总会说："老师再会！谢谢老师！"我们每天和他们一起来到血透室，共同努力完成一项重要工作，共同和病魔战斗。

沟通，助我成长

肿瘤内科护士　丁　允

沟通是指信息的传递、交流。沟通是人类赖以生存与发展的基本活动。随着整体护理的逐步实施，心理护理作为现代护理的重要组成部分，越来越受到人们的重视。而心理护理的基础就是人际沟通。

在工作中，护士应通过各种不同的方法与患者交流，影响和改变患者的心理状态和行为，为患者营造适宜的人际氛围，帮助患者增强适应与应对的能力，促进患者康复。而护患沟通是目前临床上比较薄弱的环节。有的护士在实行护理操作的过程中，面对患者各种不同的心理活动及行为，不知该如何与患者沟通，显得拘谨和生硬；有的护士性格内向，怕与他人有更多的交谈，没有自信。患者往往对这些情况很反感。这就对我们护理工作者提出了更高的要求。下面我来分享一下我亲身经历的一个案例。

我是一名肿瘤科护士。在这个谈“癌”色变的时代，医护人员都知道，癌症患者都会经历几个心理变化期：否认期、愤怒期、协商期、忧郁期、接受期。所以对待处于不同时期的患者要用不同的沟通技巧。

有一天，我所管的床位上来了一个胃癌腹腔转移患者。他也明白自己处于一个什么样的状态。等他躺在病床上后，我去给他做入院评估：“老爷爷，你哪里不舒服啊?”

“肚子。”他一副爱搭不理的样子。

“是拉肚子，还是肚子胀啊?”

“都有!”

“那……”

我话还没说完，他就开口了:“你烦不烦。你的问题怎么那么多。我就是肚子不舒服!”

一瞬间，我不知道该讲什么了。心想，我也没问什么呀，都是最基础的问题。如果不问清楚，我就无法给他做全面的入院评估。但是我又不能这么讲，只好用温和的语气说:“老爷爷，你不要急。我明白也理解你现在的心情。如果你什么都不告诉我，那么医生怎么给你开药，我们怎么帮你解决痛苦呢?我们现在是同一条战线的战友，战友之间要相互配合。如果我们配合得不好，效果就没那么好。对不对?”

说完，他放松了些许，缓慢地说:“那你说吧，还想知道什么?”就这样，我们一问一答，结束了这项入院评估任务。

通过这件事，我更加理解了良好沟通的重要性。良好的沟通可以缓和紧张的医患关系，拉近医患之间的距离，可帮助患者树立战胜疾病的信心和勇气。而我，也在与患者的积极沟通中，慢慢地得到了成长……

理 解

产科护士 杨 琦

又是新的一周开始了。周一我们总是一如既往地忙个不停。一大批患者出院，又有一大批患者入院，令医生和护士应接不暇。整整一个上午我都在紧张地工作，连午饭时间到了都没有察觉。短暂的午休过后，是相对平静的下午。繁忙的星期一总算即将过去。

临近下班前，我跟以往一样去给患者们发晚上的口服药。因为23床的王大妈欠费了，所以药房没有把她的药发过来。于是我简单地跟她说明了一下。没想到她不乐意了，指着我生气地说："你们这个医院，欠了点钱就不发药了是吗？我少吃一顿药，万一有个三长两短，你们谁负责。我又不是不给钱。再说了，欠不欠费我怎么知道？你们也不通知我，欺负我一个老太婆住院没人陪，是吗？"

我很诧异，没想到王大妈会有这样激烈的反应，于是劝道："王大妈，你别生气。不是我们不给你发药。你的账户情况是由电脑控制的。一旦你的账户欠费超过一定金额，我们就无法看到你的医嘱信息，也就无法给你配药了。"我耐心地解释。

然而她并没有平复心情，继续质问我："那为什么我欠费了，你们都不通知我？若你告诉我，我就会打电话给我女儿，让她来交啦！"我有些尴尬。仔细一想，的确是我忽略了。因为太忙，所以我忘了把欠费通知单发给她了。于是我诚恳地说："王大妈，对不起，我今天实在太忙，没及时把欠费通知单发到你的手上，但是我们每天早上都会发费用清单，上面也能看到账户情况。你早上不是都会看的吗？”

“你们发的那张单子的字那么小，我怎么看得见？就是因为你没及时把欠费单发给我，我要少吃一顿药。我可是有高血压的。到时候血压升高了，你能负责吗？”我有些仓皇，毕竟我只是刚刚工作的小护士。于是我有些不耐烦地说：“那你等等，我去看看能不能帮你借到药。”“那你快去！”大妈同样不客气地回应。我觉得很委屈，但又不能发脾气。尽管这是我的错，但我怎么都有一种咽不下这口气的感觉。

回到护士站，遇到护士长，我把事情的来龙去脉向她汇报。护士长安慰了我，然后借了药，跟我一起来到王大妈的床边：“王大妈你好，我是这边的护士长，以后有事你可以找我。你的事我听说了。真的对不起，由于我们的工作失误给你带来了麻烦。你也知道周一是我们最忙的时候。我们的小护士刚来，对工作还不太熟悉，没有及时将欠费通知单发给你，影响你正常吃药了。很抱歉。我们帮你借了一顿药。至于费用，你可以明天一早让你的女儿去交。你看这样行吗？”

王大妈听后，态度好了许多：“护士长，我也不是故意为难你们的小护士。但是你说，明明这就是她没及时把单子发给我造成的后果，她还用那样的态度和我说话。算了，既然你们把药补给我了，就这样吧。明天我会让我的女儿去交费。”“谢谢你的理解。那我们先走了。你好好休息。”护士长说道。

回到家，我仔细地做了自我反省，试着换个角度思考问题。如果我是王大妈，遇到今天这样的情况，我也会不开心。在接下来的工作中，如果我再碰到类似的护患矛盾，我一定要进行换位思考，以良好的态度与患者进行沟通。

理解万岁！

活 着

ICU 护士 吾丹萍

前段时间在家，闲来无事，我读了一本很好的书——《活着》。“活着”，用汉语读来充满了力量。它的力量不是来自空喊口号，也不是来自盲目进攻，而是来自忍受，忍受生命赋予我们的责任，忍受现实给予我们的幸福和苦难。在苦难中学会忍耐，在忍耐中变得坚强，在坚强中重生，在重生中获得幸福，在幸福中再次迎接新的苦难……我想，这便是活着的真正意义吧。

在 ICU 中有一位老先生。我们都叫他老金。他是一个当过水兵的战士，如今罹患尿毒症，但他顽强抵抗病魔，坚守生命。

提到老金，就不能不说说他的妻子，一个为爱矢志不渝的奶奶。金奶奶家住木渎。从木渎到我院来回坐车需要花将近一个半小时。金奶奶每天大清早 4 点多出发，5 点多到达我院。每次 ICU 的门铃准时响起，我们就知道她来给老伴儿送粥了。有一天我帮班结束时已是晚上 9 点了。夜色中，只见一个孤寂的身影拎着饭盒正朝医院走来。我走近一看，竟然是金奶奶。我又担心又好奇，赶忙上前扶着她。金奶奶开心地同我说：“今天外甥送来一袋新米，味道很香。我给他做了点粥，让他尝尝鲜！”其实我院也有食堂，她大可不必天天来回折腾。也许她只不过是给自己寻一个来看望老金的理由罢了。对金奶奶来说，只要老金安好，一切都是有盼头的。

冬天时，我们会让金奶奶先进家属更衣室休息一会，暖暖身子，然后再进去看望老金，让他们说几句家常话。其实，这对老金而言也是一个盼头。在ICU，老金经历过好几次大抢救，依然挺了过来。

这里的每个人都有不同的故事。尽管故事的终点也许是一样的，但是每个故事的主角由于信仰和想法不同，在最后的这段日子也就过得不一样。

记得刚入院时，一向脾气不好的老金不配合治疗。我们医务人员都清楚，患者不配合只是因为缺乏信任。我们是患者最忠实的聆听者。通过每天与老金的交流，我们了解到：老金年轻的时候因为当兵，和家人相处的时间很短，他在某次战斗中还差点为国捐躯；他最疼爱他的女婿和孙子；他和金奶奶两个人相依为命……只要病情允许，我们都会把奶奶送来的粥一勺一勺地喂给他吃，顺道问问："味道怎么样啊？""明天是要喝点稀的还是稠的？"他的家属每天临走之前，我们都会问清楚明天谁来看望他，提前和老金打个招呼，让老金每天都有一盼头。有时，得知明天可能下雨，我们就提前和金奶奶打招呼，让她来时带好雨具。冬天早上马路上会结冰，我们都会提前让她做好防滑工作或者直接联系她的女儿将她送过来……这一点一滴的小事看上去微不足道，但就是从这样的小事中透出的人情味，让我们彼此更加信任，让我们成了一家人。

老金内向，不善言辞，但是他爱家、爱金奶奶，这就是他好好活着的信仰。即使在生命垂危的时候，只要信仰在，病魔就摧毁不了他活下去的意志。

活着的意义是什么？也许无所谓什么意义。尘世的种种苦难，活着的人总得承受。在命运面前，只有忍耐，忍耐孤独和不幸，甚至是死亡。《活着》这本书，并不是要告诉我们应该怎样活着，只是在陈述"活着"这样一个事实。我们没有权利抛弃生命，在命运面前，也许不得不感叹人类的无力。既然改变不了活着的事实，那就改变活着的态度。只要活着，就有希望。在生命的尽头，我们至少可以告诉自己，我们活过，也曾经努力过。

小举动里的大温暖

产科护士 沈 燕

人们常常把护士称为“白衣天使”。护士是一个非常高尚的职业。护士呵护健康、挽救生命，给予患者无微不至的关爱和治疗护理。所以白衣天使是生命和爱的象征。

事实上，“白衣天使”所从事的却是最平凡琐碎且繁忙的工作。他们秉承着不怕脏、不怕苦、不怕累、不惧感染的信念，时刻以救死扶伤、全心全意为患者服务为职责。

一名优秀的护士，首先要站在患者的立场，为患者着想，关心、体贴患者，用娴熟的技术和优良的服务为患者解除病痛。

有一次，一位姓刘的产妇在顺娩后，出现了耻骨联合分离，躺在床上不能下床活动。生完宝宝当天，她从产房回到病房，在从推车上移到病床上时表现得很痛苦，对我说：“护士，我很痛，动不了!”我问她：“什么地方痛呀?”她指着耻骨联合那个位置说：“这里很痛!”我当时心想可能是耻骨联合分离，于是安抚刘女士及其家属说：“我马上就叫医生过来帮你看一下。你先不要着急啊。”我立刻请床位医生来替她检查。床位医生也怀疑是耻骨联合分离。

要确定是不是耻骨联合分离还需骨科医生一同过来会诊。待明确诊断后，我们才能给刘女士做相应的治疗。我立即打电话到骨科通知医生会诊，接着走到刘女士的床边跟她说：“我们已经请了骨科的医生来给你会诊。你不要急。如果你的情况是耻骨联合分离，那你需要好好调养身体。如果你实在痛得不能下床，就让家属去小卖部买个扁马桶，以便你在床上解小便。”“好的，谢谢你，护士！”刘女士说。

在等待期间，我时不时地到刘女士的床旁察看情况，给她讲讲我之前碰到的耻骨联合分离的病例，给她一些心理安慰，再教她给宝宝喂奶的方法，以分散她的注意力。经过两位医生的会诊，骨科医生建议她去做 CT 检查以明确诊断。CT 检查结果显示耻骨联合分离。

经过几天的治疗之后，她顺利康复了。出院那天，她的丈夫特地跑到护士站送了我一面锦旗，以感谢我这几天对他老婆的关怀和照顾。我对他说：“谢谢！这是我应该做的。”

通过这件事，我深刻意识到护理人员要树立“以患者为本”的服务理念，要对患者常存怜悯之心，在工作中要充满热情，耐心细致地为患者做好各方面的治疗护理工作，还要与患者及其家属进行充分的沟通。这些细节能使患者发自内心地对护理人员充满认可和感激。

总之，护理人员要有爱心和很强的责任心，进一步提升整体护理水平，让每一位患者都得到人性化的护理。

第四章

沟通的典范

一次难忘的沟通

肿瘤内科护士　许建新

从事临床工作这么多年，我遇到过形形色色的患者。我受过委屈，和患者有过争执，但也收获了很多尊重和友谊。

医患关系、护患关系已成为当今社会的热点话题。我开始沉思：如何建立良好的护患关系？念及此，我的脑海里出现了两个字“尊重”。

当你尊重患者时，你就会热情对待患者，认真全面地了解患者的情况，并给予患者你能做到的最好的护理。用这样的态度对待患者，患者怎么可能不尊重你？

我犹记得一位儒雅的老人。大家都叫他吴老先生。他曾是一所知名中学的校长，罹患晚期胃癌。这样的老人，有着渊博的知识，还懂得一些相关医学知识。

当你和他交流时，你必须要具备扎实的专业知识和丰富的社会人文知识，同时必须对他的病情有全面的了解。

吴老先生曾经因为疾病，出现恶心、呕吐甚至不能进食的情况。但当医生建议他插置胃管时，他竟然拒绝了。

我知道，他不是不知道插置胃管的必要性，只是认为插着管子的形象有损他的尊严。

当时尚没有多少经验的我，带着忐忑的心，尝试向吴老先生讨教人生的道理，并和他探讨种种可能的治疗方法，最终取得了他和他夫人的支持。

最后，我亲手为他插置了胃管。

那一刻，我的心充满了欣喜与成就感。

更令我高兴的是，他因为得到了足够的营养支持，以至于病情好转，最终可以拔除胃管了。而他竟把拔管的工作交给了我。

他的夫人说，我是他的救命恩人。当然，她有些过誉了。我只是一名护士，做了一名护士该做的：想方设法为患者排忧解难、解除苦痛。

在我后来的工作生涯中，像我与吴老先生这样的故事不胜枚举。经验告诉我，要想拥有良好的护患关系，首先要尊重患者，其次要拥有过硬的护理技术和一定的护患沟通能力。

当患者因被诊断出患病而惊慌失措的时候，你可以以丰富的理论知识和临床经验，给予患者良好的建议和知识宣教。当你常常去帮助、安慰患者时，就会收获友谊和信任。

当你像亲人一样，帮患者盖被、喂药、擦汗更衣，他还是令你觉得无法亲近时，你也许可以试着用心去同他沟通……他最终一定会以他的信任、尊重、友谊回馈你。

我始终感恩护理事业，因为它教会我要平等、善良、真诚地对待生命，让我明白尊重来自对生命的关爱。护理事业讲究的是奉献，而奉献让我更美丽。

情系血透患者

血透中心护士长　陆卫芬

高血压是血透适应证之一。因为个体差异的存在，即使是做了血透的患者，也有犯高血压的风险。高血压对人体的危害是很大的。血透患者患了高血压，不论是对他本人还是对他的家庭来说都是雪上加霜的打击。所以，做好高血压患者的二级预防，维护血透患者脆弱的身体，对患者家属和医务人员来说都是很有必要的工作。

我科有位 70 岁的患者马大爷。他是吴中区长桥人，平时常常外出捡破烂以贴补家用，因此积劳成疾。历经半年的预约排队之后，马大爷终于在 2017 年 4 月 4 日从外院转入我院继续做透析治疗。入院时，他的血压为 194/81 mmHg，并且他已遵医嘱常服降压药。在与他的家属充分沟通之后，我们开始对他采用新的透析治疗方案，调整他的血压。一个月后，效果显著，他的血压降到了 151/72 mmHg，原有的胸闷感觉也消失了。

但是事情的变化总是出人意料。半年后马大爷的血压又“撒野”了。11 月 24 日马大爷又来院候诊做血透，血压为 250/110 mmHg。我们立即详细追问他的服药情况，发现这次犯病是他服药时间安排不均导致的。我们再次给他讲解服药时间均匀的重要性，并具体指导他服药的方法。此外，我们还遵照医嘱临时给他服降压药，并对他的家属进行宣教沟通，请他们共同监督他服药。然而，一个月后他的血压依然处于高位。这真让人担心。由于他的食欲较好，两次血透充分性欠佳，而每次血透时的高血压着实令我们担心害怕，“脑血管意外，致残致死”的念想不断地袭击着我们。怀着对患者负责的态度，我们在2018年1月2日，第三次拨通了马大爷子女的电话，建议马大爷立即来住院并做全面检查。

经过住院观察，2018年1月12日，我们终于揭开了马大爷的血压居高不下的谜底：服药遵医性差，透析充分性也存在问题，导致顽固性高血压持续存在。于是我们立即为他制订积极的治疗方案。经过一段时间的住院治疗，马大爷的血压总算稳定下来，大家的忧虑和紧张感也被驱散了。

身处血透中心，我们护理人员总是牵挂着每一个患者的健康。哪怕是患者的一个小小的异常情况，也牵动着我们的神经。我们的压力如山大。但是，为了患者的健康，无论如何我们都要把压力化作动力，在工作中投入激情并保持无怨无悔、积极乐观的心态。

产后巡访是护患沟通的桥梁

产房护士长　张　勤

从2015年下半年开始，为了了解产妇的康复情况，宣传产褥期保健知识，指导新生儿护理操作手法，我院产房适时推出了产后巡访制度，并推荐了陈伟珍护师出任产房的专职巡访员。巡访制度刚一推出，就受到了孕产妇和家属们的一致好评。

像往常一样，陈伟珍开始了一天的产后巡访工作。她工作至今将近30年，有着丰富的产房工作经验和精湛的技术。但是没想到，今天她却碰了“钉子”。

让她“碰钉子”的是805床的产妇。宽敞明亮的一体化产房温馨淡雅，桌上摆放着美丽的鲜花以及几个漂亮的水果篮。陈伟珍进去的时候，这一家人正在逗新生的小宝宝。欢笑声充满了整个病房。陈伟珍也受了感染，笑着走近小宝宝，并说明了来意。没想到，刚才还笑盈盈的产妇，突然之间嘶喊起来：“我要投诉！”

陈伟珍不慌不忙地走到产妇身边，轻抚着她因激动而颤抖的手，静静地倾听她诉说原委。原来这名产妇入院时是半夜。当时她已觉得肚子很痛了，但接待她的值班医生没有对她的痛苦给予关注，也没有采取必要的安抚措施，而且态度也很不友好。产妇甚至还抱怨助产士说话的声音太响，让她听着很不舒服。

等产妇情绪平复后，陈伟珍做了初步的解释：第一，医生询问了解病情，主要是为了产妇的安全；第二，声音响是职业特点，特别是助产士在接产时，必须大声说话，这样才能让产妇听得进去。虽然陈伟珍尽力向产妇解释，但产妇似乎还在气头上，始终没有接受她的解释。

“怎么办?”陈伟珍向我做了汇报。作为护士长，我责无旁贷。我们俩仔细分析了产妇的情况：尽管医生在具体操作流程上不存在过错，但站在孕妇的立场上看，在人性化关怀方面医生做得确实不好。恰在此时，805 床的宝宝出现了吐奶现象。那位新妈妈一下子急得手足无措。

我抓住这个机会，马上和陈伟珍一起跑到 805 床，耐心地帮助产妇解决问题，并告诉她一些育婴方面的知识。产妇非常感激。我又让那天当班的助产士赶到病房，当面道歉。随后，我诚恳地表示：很感谢她的反馈和提醒。我们将进一步强化服务理念，用亲切的眼神、温暖的问候、真心的嘱咐打破医患之间的隔阂。同时，也希望她理解医院的专业性，因为有时为了确保生产顺利，医生的态度严肃较真也是自然的。一味顺从产妇反而是对产妇极不负责的表现。今后，产房将会更加注重人性化操作，更加完善产后巡访制度，争取以真诚的态度、专业的知识，赢得产妇和家属的理解和配合。最终，这位产妇露出了笑容，并对医生的做法表示了理解。

产后巡访工作，能够帮助我们及时在工作中发现问题，并解决问题。它是架在医患之间的一座沟通之桥、理解之桥。

为生命燃起爱的火花

急诊科副护士长 顾玉凤

有人说，在这个世界上，有多少种职业，就有多少种双手：石油工人的手，是铁打的手，像钻探机一样，为祖国钻来了珍贵的石油；农民兄弟的手，是呼风唤雨的手，像地图一样刻满了大地的渠道、丰收的田畴；而我们这些护士的双手，就像美丽的白鸽，捧满了人间的情意和生命的柔情。

夜幕低垂，万籁俱静。初秋的清冷弥漫在苏州的街道小巷。忙碌了一天的人们进入了梦乡。而在这样的午夜时分，有一群人，她们不能安然入眠，更没有虚度时光。她们的工作性质和职业使命，决定了她们在这个本该安宁的时刻，必须面对各种极端的情绪——悲伤、欢乐、恐惧。而深夜的急诊科，正是我们需要面对和处理这些情绪的地方。

2017 年 1 月 26 日小年夜的晚上，我院急诊科来了一名 94 岁高龄的患者——钱老太太。她因为发热气喘，被子女送来看急诊。钱老太太当时神志不清，肺部感染也比较严重。小年夜，正是一家人忙忙碌碌喜迎除夕到来的日子，但钱老太太突然的病情变化，令原本聚在一起开开心心的祖孙三代不得不在医院里度过小年夜了。钱老太太的两位子女也是年过半百的人。他们饱含歉意地说：“我们知道妈妈的病比较重。作为子女，我们不希望妈妈这把年纪了还要承受痛苦，就想陪着她过完这个新年。”为了让钱老太太住得更加舒服、舒心，我们及时为她换上柔软干净的床铺，并定时为她翻身拍背。就这样，随着除夕夜钟声的响起，钱老太太在子女和医护人员的陪伴下安详地离去了。她的家属被我们急诊科全体医护人员的爱心感动，特意在年后为我们送来了锦旗，感谢我们在老人最后的时刻所给予的细心照料和浓浓关爱。

每个生命都是值得尊敬的。那天，救护车鸣着警笛，呼啸着直达我院急诊科。我们医护人员迅速将患者推入抢救室。这位患者的特征让人很惊讶：高大的身材，40 岁左右，长发及肩，头发脏得似油布，衣衫褴褛，不省人事。原来，路人看他晕倒在地就打了 120 急救电话。经过初步诊断，患者昏迷是低血糖导致的。他的情况十分紧急。经过抢救，他的病情得到了控制，他也脱离了生命危险。秉着人道主义精神，我们对这位没有家属、没有身份证明、没有救治经费的“三无”患者给予了人文关怀。我们还为他进行了个人卫生护理。他清醒后，握着我们的双手一个劲地表示感谢。也许他没有亲情、爱情、友情的陪伴，但是在这里，他得到了人世间的温情呵护。

生命的无常，难以言喻。有人说，走过一次急诊科，也就如同走过了一生。这里，是你最能感知到生命可贵的地方。医院急诊科里发生的一幕幕救人场景，仿佛是世间百态的真实缩影。长期奋斗在抢救第一线的医护人员，在那看似冰冷、理智的外表下，都深藏着一颗无比炽热的心。我们与时间赛跑，与死神较量，做着这个世界上最温暖、最有正能量的事……

你可懂我

产科护士　吴睿锐

“一年一年风霜遮盖了笑颜，你寂寞的心有谁还能够体会，是不是春花秋月无情，春去秋来你的爱已无声。把爱全给了我，把世界给了我，从此不知你心中苦与乐……”一首《懂你》唱出了我们产科护士的心声。其实，产妇心中的苦与乐，我们都懂，而我们希望的是，用自己的双手托起生命的太阳，托起每一个家庭的幸福与安康。

我的疼痛你可懂

小敏烦躁地躺在产床上，翻来覆去，感觉腰都快断了。产房的护士发给她的丈夫一个按摩器，让他给小敏按摩。可笨拙的男人不知该使多大力才合适，他一会儿轻一会儿重地按摩着，令小敏一点也不满意。于是小敏一边埋怨着丈夫，一边吵闹着要求打无痛针。但是她目前宫口才开了1厘米，而医生说要等宫口开满3厘米后才可给她打无痛针。她无奈地等待着。时间在这个时候该有多漫长，或许只有她知道。好不容易熬到了宫开2厘米，小敏感觉自己受不了了，央求医生早点给她打无痛针。但医生告诉她目前麻醉师在忙，要再等一会。小敏感觉好绝望，又累又饿。她一边叫着，一边扭动着，喊得更厉害了。

这时一位老护士连忙赶过来说：“小敏，你要坚持住啊，我很理解你。生孩子是很痛苦的。我当时也和你一样。坚持就是胜利。你要给宝宝做个好榜样，不要轻易放弃。这样好不好，你开始痛的话告诉我，我来帮你按摩，减轻你的疼痛。行不?”小敏感激地点点头。老护士一边帮她按摩，问她的感觉，一边告诉她怎样调整呼吸。小敏慢慢停止了哭泣，积极配合着。在老护士的帮助下，她顺利地产下宝宝。小敏和她的丈夫开心极了，对老护士充满了感激。

我的忧郁你可懂

晓悦像带了一副面具，面无表情地躺在病床上。忧郁笼罩着整个房间。黑暗的情绪包围了她许久。持续的妊娠剧吐，加上前面三个孕宝宝都发生意外最终无法健康地来到世界，导致她情绪欠佳，不得不服用抗抑郁类药物。后来，第四个宝宝的来临让她又喜又忧。她害怕极了，怕厄运会再次降临。现在，宝宝出生了，可这并不是故事的结局，因为宝宝早产，所以她的担心似乎并未减少。每次遇到医护人员，她都会问：“我的宝宝怎么样?我特别担心宝宝怎么办?”

晓悦的床位护士劝解她说：“你不要太担心，要养好自己的身体，做一个好妈妈。等宝宝出院了，你们一家三口多让人羡慕。”一开始她只是“嗯嗯”应着，末了还是会问一句：“我担心宝宝，怎么办?”后来，床位护士一有机会就和她聊天，让她多学习育儿知识，转移注意力，并告诉她，自己怀孕的时候一开始也是妊娠剧吐。晓悦似乎找到了知音，一边流泪一边开始讲述她怀孕的辛苦。床位护士耐心地倾听，表示非常理解她。晓悦的妈妈也说：“是啊，宝贝，你辛苦了。你看你这次生了一个儿子。他以后不用受这种苦了。”床位护士在一旁附和道：“是啊，你多幸运，上天多眷顾你。你的家人那么爱你，你的宝宝以后也不会经历这种痛苦，多好。”晓悦终于笑了。

我的辛苦你可懂

凌晨两点半，大多数人已进入梦乡。护士小朱按时给剖宫产术后回室的产妇小璐进行宫底按压。不巧的是，小朱经过陪护床时不小心被床脚绊了一下，碰到了宝宝床，小宝宝因此惊醒并哭闹起来。小朱慌忙向小璐道歉。小璐的妈妈不耐烦地唠叨了几句。小朱有些慌了，怕家属投诉。她尴尬地红着脸。这时小璐安慰她说："没关系。你又不是故意的。你也挺辛苦的，半夜还要护理我。"此言一出，小朱瞬间放松了许多，心里也感觉很温暖，觉得有患者的理解真好……

有人说："找一个让自己心动的人，不如找一个理解自己的人。"人与人之间的相处亦是如此。如果医护人员能在工作中时常换位思考，理解患者的痛苦，进而去安慰、去倾听，医患沟通起来就会顺畅许多。当然，如果患者也能理解我们就更好了。希望在不久的将来，医患之间能多一点理解和包容。我相信，爱会融化一切冰霜。

真情沟通

急诊科护士　王　倩

“医生，医生！快、快……快抢救我的孩子！”在急诊科分诊台，一位年轻妈妈突然从门外冲进来，焦急万分地对着正在做分诊登记的李护士大声呼喊。跟在她身后的是患儿的爸爸和爷爷奶奶。李护士立马放下手中的登记本，将患儿送进抢救室，并让另一个护士通知医生。

这是一位疑似高热惊厥的 1 岁患儿，体温达 40.7 ℃，并且患儿第一次出现抽搐症状。鉴于情况比较紧急，在医生还没赶到之前，李护士立即给予患儿做心电监测，开通静脉通路，同时不停地安慰患儿的家属：“你们不要着急啊。孩子现在都哭了。你们着急慌乱会吓到孩子的。抽搐的原因有多种，但也可能是高热引起的。等会医生来了会给孩子做检查的。”

患儿的家属听了我的话，放松了些许，说：“好的，谢谢护士。我们第一次遇到这个情况。看到孩子的脸和嘴都发紫，我们都吓傻了。”

但是后来，李护士在给患儿输液找血管时遇到了困难。由于高热，患儿的机体严重缺水，导致患儿的血管不充盈。李护士虽然经验丰富，但也没能一针穿刺成功。这时候，家属反倒镇静下来，安慰李护士说：“护士，你别急，慢慢找！”仅仅这一句话，就让李护士感动了。最后，李护士凭着沉着冷静的心态，终于找到了患儿的血管并穿刺成功。

在急诊科，每天前来就诊的患者不计其数，并且大多是病情很急的危重症患者。在这样一个忙碌又紧张的科室，可以说任务繁多。由于文化背景不同，患者及其家属的修养也不同。如果患儿在进入急诊室后，李护士没有给予及时处理和心理安慰，忽视患者家属的心理感受，那么也许在第一针没有穿刺成功的情况下，家属就会指责她了。

护士在急救过程中，除了要运用精湛的护理技术和秉承认真负责的工作态度外，还要培养优秀的思想品质，急患者之所急，想患者之所想，同时争分夺秒，开展救治工作并及时做好沟通。

我们在护理过程中，应多花一些时间与患者及其家属进行良好的沟通，以建立起融洽的护患关系，让他们觉得我们值得信任。护患之间彼此宽容、互相理解，这是多么和谐的局面。因此，我们要用亲切的语言和良好的举止，缓和患者及其家属紧张和焦虑的情绪，让宽容和理解围绕在身边，让“绿色通道”奏响平安医院和谐的音符！

因为爱

妇科护士　吴　洁

医院是一个神奇的地方。它是一个人的起点，也可能是一个人的终点，宛如一面镜子，照尽生离死别、人情冷暖。在对抗病魔的道路上，我们渴望医患携手、彼此信任。虽然在医患关系的和谐篇章中偶尔有不和谐的音符出现，但我们身边的故事大多还是令人感动的，因为人间有爱……

故事一　微笑的魅力

十三病区是我们医院的妇科。来这里住院的患者大致可分为三种情况：一是流产、引产的，二是做各种妇科手术的，三是保胎生孩子的。常言道："女人心似海深，难以猜透。"住院期间，有些患者对所享受的护理服务过分挑剔。为此，护士们没少受委屈。这不，又有患者来吵架了。

那是一个冬天的上午，床位护士小刘按照惯例，把需办理的出院手续清单发给了先兆流产未保胎成功的患者张大姐："张大姐，你今日出院，我来把出院材料交给你。你可以去楼下结账办理出院。出院以后你要好好休息，遵医嘱用药，定时来门诊复查。"小刘耐心地交代着相关注意事项。"护士，为什么你们没把我的检查报告单给我。我还准备去别家医院再看看呢。""张大姐，你的检查报告单都是入病例的，如果你需要的话，可以拍照或者拿去复印。”小刘解释道。“我花钱做了检查，为什么你们不给我检查报告单？你们医院是不是在坑骗我？我为什么要去复印？检查报告单本来就是我的东西。你们还给我。我在别的医院做检查，人家都会把报告给我。你们不要欺负人。我要投诉你们。”张大姐说得振振有词，还时不时敲敲桌子。年轻的小刘被这阵势吓住了，泪水在眼眶里打转。

就在这时，一位护士笑盈盈地走到张大姐面前：“张大姐，你好，我是吴护士。今天你痊愈出院，是一件开心的事。你需要的检查报告单等都是原始资料，需要入档案归库的。很抱歉，我们不能直接给你。你可以拿去复印，或者我们来帮你复印，好吗？”吴护士是一位很有经验的护士，她的语气中透着真诚，微笑中蕴含着自信。吴护士边说，边自然地拉着张大姐的手说：“张大姐，你出院以后好好休息，注意补充营养，把身体养好了，来年还可以有宝宝的。”张大姐不再像之前一样咄咄逼人了。她的家属在一旁连连点头说：“可以，可以，我们自己去复印。给你们添麻烦了。谢谢！”

我们的患者是一个特殊的群体。她们很可能不但具有身体上的不适，大多数还处于一种紧张、焦虑、恐惧的心理状态，因此需要被关心、被爱护，更需要被理解、被尊重。护士的一个微笑、一句温暖贴心的话语包含着护士对患者的感情，承载着患者对护士的信任，也诠释了护士的责任。

故事二　温暖的关怀

记得那年那日的中午，住院患者没往常那么多。病区的走廊里静悄悄的。护士们正在打印医嘱。忽然，走廊外传来一阵嘈杂、急促的脚步声，夹着远远的呼喊声：“快！快！快来人！救命啊！”一群人推着一辆患者专用车，冲进了病房。

听到这一阵阵急促的呼喊声，医生和护士们迅速来到患者专用车边，大家看到的是一个女孩苍白的脸。她的口唇没有一丝血色，意识模糊。“立即将患者推至抢救室，初步诊断为宫外孕失血性休克。”床位医生口头医嘱一下达，护士长复述后，郑护士、陈护士和小顾护士立即实施抢救。她们争分夺秒，从容果断，密切配合，在几分钟内迅速为患者保暖，协助为患者置休克卧位，给患者吸氧，做心电监护，建立两条静脉通路，采血，补液扩容，留置尿管，积极完善术前准备……一切都在有条不紊地进行。由于患者出血严重，术后护士们又紧急为患者输血，终于使患者的生命体征趋于平稳。待到患者转危为安时，所有参加救治的医护人员都长长地舒了一口气。

可是事后，床位护士小陈在巡视病房时发现，女孩总是忧心忡忡，还时不时地抹眼泪。陈护士猜出了缘由：该患者目前还没有孩子。此次输卵管被切除后，她肯定担心自己不能再次怀孕。于是，陈护士主动找她了解病情，耐心地与她沟通：“虽然你的一侧输卵管被切除，但是这对怀孕不会有太大的影响。你把身体养好后，还是有做妈妈的希望的。”经过几次开导与安慰，女孩终于打消了顾虑，露出了舒心的笑容。出院当天女孩与其家人送来锦旗以表感谢。

因为融入了人文关怀，护理的内涵才会丰富而深刻。有爱才有阳光，有爱才有希望。让患者在痛苦中感受到那份来自医护人员的温暖，我们一直在努力！

ICU 的 24 小时

ICU 护士　付　娟

人们一直把护士比喻成白衣天使，但是有一个科室的护士，绝不是人们想象中的有着雪白羽毛和轻盈翅膀的“天使”。她们更像是无所不能的铁人，总是无怨无悔地奉献着。她们，就是重症监护室（ICU）的护士。

说到 ICU，也许大家马上会联想到影视作品中男女主角们遭遇重大事故或者得了绝症时进入的科室。那里戒备森严、气氛紧张。似乎到了那里，你的心跳都要加快很多。

ICU 就是我现实中工作的地方。我来到 ICU 已经几年了。几年的时间在漫长的人生旅程里并不算长，可是这三年的工作经历却对我的人生观、价值观产生了极大的影响，让我对 ICU 有了更深刻的认识，对生命的看法也有了很大的改变。

2014 年 3 月 1 日，是我调到 ICU 工作的第一天。从踏入病房的第一步起，我感受到的只有压抑和忙碌。病床上的患者基本都处于昏迷状态。我的护理姐妹们紧张有序地护理着每一位患者。心电监护仪及呼吸机发出来的嘟嘟声让这里显得格外肃静和庄严。就在我出神的时候，电话铃声突然响起。有一危重症患者需要马上转入 ICU 继续治疗。接完电话后，大家就开始准备床位、呼吸机等各种仪器。

15 分钟后，一个神志清醒的危重症患者被送到了这里。我们立即给他进行经口插管、呼吸机辅助呼吸。他无法与我们进行语言交流。他似乎不知道发生了什么，也不知道为何突然来到了这样一个陌生的环境：耳边一直传来此起彼伏的仪器报警声，眼前出现的这群穿着一模一样工作服，戴着帽子、口罩，只露出一双眼睛的人，他一个也不认识，他的身边也没有一个熟悉的亲人。在他的眼神里，我看到了无助、惊恐、疑惑。他只能拼命地挣扎着。这时，一个护士轻轻拍了拍他，握住他的手，在他的耳边说："不要害怕，你在医院。你的家人都在病房外面。我们是护士和医生。由于你病得很重，我们正在对你进行抢救。你现在暂时不能说话。过段时间你的病情好转，你不需要依靠呼吸机呼吸时，你就可以说话了。你现在闭上眼睛好好休息。我们会一直陪在你身边，会全力救治你。"他平静下来，再也不挣扎，眼神也变得温和了。

这只是我们日常工作的一个小片段。这也说明有效的沟通多么重要。

对于意识清醒的危重症患者，虽然他们不能说话，但为了提高护理质量，我们必须要进行有效沟通。我们专门制作了清醒患者沟通图册，上面有各种图案（包括饥饿、口渴、失眠、二便、疼痛等）。当我们指到某一个图案时，患者只需要点头或者摇头，我们就能知道患者的需求。很多患者经过系统的救治，因病情好转，被转回普通病房后，我们会对这些患者进行转科回访，征询他们的各种建议和意见，总结经验，不断改善，只为能更好地护理每一位患者。

ICU 实施的是"24 小时无陪护制度"。因为没有患者家属的陪护，很多事便落到了我们医护人员的身上。我们除了对患者进行专业的医学护理，配合医生的抢救工作外，还要负责患者的生活护理，如每两小时为患者翻身一次，为患者取舒适的功能位；遇到皮肤不好的患者，我们还要增加翻身次数，即每小时为患者翻身一次；对重度压疮患者，我们甚至得每半小时为其翻身一次。有时候，碰到特殊部位骨折、肥胖、高大的患者，四五个医护人员必须配合默契，才能帮患者摆好舒服的体位。每次帮助患者翻身，我们都要出一身汗，因此大家经常开玩笑说：“在这里工作，连去健身房的钱都省了。”而翻身，也只是我们为患者所做的生活护理之一。

ICU 的日常工作紧张急迫。患者每一分、每一秒都有可能从死亡线上走过。作为 ICU 护士，我们要时刻保持真诚热情的护理之心，凭着丰富的专业知识、精湛的护理技术、敏锐的观察能力和良好的沟通能力，减轻患者的病痛，帮助患者早日康复。

护患沟通之我见

内镜中心护士　谢素珍

人是社会的人，生活在大千世界中必然会与形形色色的人打交道，与他们联系、沟通、交流。作为一名工作了 20 年的护士，我与患者的接触可以说是非常多的，也是最直接的。在这 20 年与患者及其家属的接触交流中，我总结了不少经验和教训。

首先，护理人员要有高尚的医德和自身素质。我们在与患者沟通时要做到态度端正、热情诚恳，让患者对我们产生信任感。信任和尊重患者是医患之间良好沟通的先决条件。患者感受到我们的诚意，信任我们，才会愿意与我们沟通，才会把最真实的信息传递给我们。了解了患者最真实的情况后，我们才能做正确的引导和护理，进一步让患者配合我们的治疗和护理。护患之间有效的沟通将会帮助我们与患者建立起良好的关系，促进各项护理工作的开展。

其次，进行护患沟通时我们要注意称呼。合适的称呼会增加患者的亲切感和信任感。当然，如果能记住患者的名字就更好了。我们也要注意患者的心理反应，尊重患者的权益并保护患者的隐私，与患者交流时要善于观察。同时，在交谈的过程中，不同年龄、不同消费层次的患者都期望我们扮演不同的角色，进行恰当的交流。比如，与文化层次较高、对医学知识有较多了解的患者进行交谈时，我们可以适当使用医学术语，言简意赅；与医学知识不足的患者，尤其是文化程度较低的患者交谈时，我们要使用通俗易懂的话语，细致入微；与老年患者交谈时，我们要视其为长辈，尊重他们；与同龄患者交谈时，我们要视其为兄弟姐妹……这些方法并不复杂，很平常，但在护理工作中很有效。

再次，微笑服务在护患沟通中非常重要。患者来院求医，本来心里已经非常不开心了，如果看到一张张冷冰冰的脸，再遇上医护人员语气不好，护患关系怎能不紧张？在护患沟通中，同理心也非常重要。如果我们能站在患者的角度，很多问题就容易解决了。

记得2017年10月的某一天，我在前台做接待工作。有位患者李先生本来决定那天下午来做胃肠镜检查，可他一直到下午3点还没来，我就按惯例打电话给他。他说因家中有事来不了，于是我们就预约了下次做检查的时间。他特意感谢了我的关心。我再三嘱咐他清肠的注意事项及时间。等到预约的那天上午，李先生一个人来了（我们预约的时间是下午，我曾要求他要有家属陪同），还说已经清肠完毕。这可怎么办？

趁接待空闲时间，我把李先生叫到身边，耐心地向他解释家属陪同的必要性，最后他同意让女儿下午来陪他。我刚舒了一口气，他又说：“有一袋药水我没喝，不过我肯定清肠完毕了，因为我昨天一天都没吃东西。”我让他坐在候诊区休息，做好了所有准备工作，准备下午让他第一个做。中午休息时，我一边吃饭，一边想：“他虽然昨天没吃东西，但今天没喝清肠液。清肠效果肯定不符合要求。这是我们都不愿意看到的。”我考虑着补救的方法：只有再给他开一袋清肠液，让他清肠，下午晚点给他做检查。想到这儿，我马上又到前台找到李先生，再次说明了原委。没想到他很乐意配合。下午，他的女儿按时赶到并全程陪同他。他的肠镜检查效果很好。临走时，他非常感谢我。

南丁格尔曾说过：护理既是科学又是艺术。良好的护患沟通需要我们有较强的业务素质、合适的沟通方式，与患者建立相互信任的关系，怀着同理心，用真诚笑对患者。

明天的他们和我们

ICU 护士　骆婷婷

几年前我懵懵懂懂地进了护校，学成后踏入了吴中人民医院 ICU 的大门。我喜欢这里的工作，也很庆幸自己当初的选择。因为在这里，我不仅能品尝到人生的酸甜苦辣，也能领悟到爱的真谛。当然，对于我来说，喜欢在这里工作的原因还有一个，就是我和患者家属接触的机会相对较少，所以沟通交流能力欠佳的我可以慢慢地学习。

虽然 ICU 采取的是封闭式管理，这里的护士与患者家属接触比较少，神志清醒的患者也屈指可数，但对护士来说，与患者进行沟通交流的技巧是必不可少的，因为这个技巧会有助于开展工作，有时甚至能挽救患者的生命。

ICU 中的患者病情变化比较快，所以我们医护人员检查的次数很频繁。有的患者对频繁的抽血检查有抵触心理，有些清醒的患者偶尔会拒绝抽血检查。有一天晚上，有位患者需要做动脉血气分析化验，但他拒绝道："不抽。你们早上刚给我抽过，现在为什么还要抽？没有血。不抽！"床位护士耐心地解释："你不是一直感觉胸闷、呼吸费力吗？我们抽血主要是为了复查血里的氧气含量，以便医生根据检查的结果调整治疗方案。"患者仍然拒绝："每天都抽那么多血。血都快抽没了，病也没治好。"床位护士仍然好言相劝："每次检查抽血的量都很少，对身体不会有影响的。"我们两个床位护士和值班医生轮番与这位患者沟通，晓之以理，动之以情，最终患者同意接受抽血检查。我们如释重负，也备感欣慰。即使工作再难再累，为了患者，为了患者的生命，我们也无怨无悔。

我想起了一个小故事：一场突如其来的沙漠风暴使一位旅行者迷失了方向。更可怕的是，旅行者装水和干粮的背包被风暴卷走了。他翻遍身上所有的口袋，只找到了一个青苹果。“啊，我还有一个苹果！”旅行者惊喜地叫着。他紧握着苹果，独自在沙漠中寻找出路。每当干渴、饥饿、疲乏袭来的时候，他看一看手中的苹果，抿一抿干裂的嘴唇，陡然又增添了不少力量。一天过去了，两天过去了，直到第三天，旅行者终于走出了荒漠。那个他始终未曾咬过一口的青苹果，已干巴得不成样子，他却当作宝贝似的一直紧攥在手里。在深深赞叹旅行者的惊人毅力之余，人们不禁感叹：一个表面上看来多么微不足道的青苹果，竟然会有如此不可思议的神奇力量！

其实，这个故事告诉我们，医护人员要在治疗工作中适时地馈赠给患者一个满怀信念的“青苹果”，比如：告诉患者疾病治疗的新进展；提醒患者，他们拥有亲人的爱和牵挂；鼓励患者康复后去完成未竟的事业。

有人说，用自己的左手温暖自己的右手是一种自怜，用自己的双手去温暖别人的双手却是一种奉献。作为护士，面对患者渴求的目光，我们责无旁贷，必须尽心救护。作为护士，我们必须用心沟通，学会理解，学会宽容，以一颗博爱的心对待每一个患者。我们期待着自己和患者的每一个美好的明天。

换位思考，真情沟通

脑外科护士　徐雅丽

“1512床呼叫”的语音提示刚播报完毕，护士小徐就第一时间出现在病房。

“阿姨，怎么了?”小徐问道。“你看看吧，液体不滴了。”原本温柔的吴太太此刻不耐烦了。小徐低头查看吴先生的留置针：敷贴固定正常，穿刺点也不红，但补液不滴。她试图通过改变手的位置等方法解决问题，但都没有效果。此时，小徐解释道：“叔叔、阿姨，这几天可能叔叔补液多了，又使用了刺激血管的药，所以留置针留的时间可能就会变短。叔叔还要挂甘露醇呢。要不我给你们重新打吧。”隔壁床的爷爷也凑热闹，说：“你们就让小徐重打吧。小徐的技术挺好的。”吴太太勉强同意了。可是事情并没有就此结束。

第二天我就在走廊里听到有人在喊：“护士，护士，快来呀!”小徐以最快的速度赶到吴先生的身边，问道：“叔叔，怎么啦?”此时的吴太太很凶地发问道：“你还问怎么啦?你没看到吗?补液又不滴了!”小徐马上看了一下穿刺部位，发现穿刺部位有点渗血，于是说：“叔叔，这针又不行了。还要重打。我先给你拔了吧，过几分钟血不流了，我再来给你打，好吗?”

为什么又出现这样的情况呢?这得从患者的病情谈起。吴先生是一个蛛网膜下腔出血、右肱骨骨折患者。由于医生给他开的补液多，而且他要挂甘露醇，因此我们建议安置深静脉置管，但他的家属不同意。虽然我们静脉穿刺几乎从未失败过，但是因为甘露醇药液对血管的刺激，留置针的留置时间不能过长，一般只能两天左右。

小徐拔完针准备走时，吴太太说道："你们医院的护士哦，打针技术真不行。留置针留置的时间就没长过。"听了吴太太的话，小徐虽然觉得不愉快，但是并没有与吴太太争论，而是默默地请来了她的带教老师，客气地说："阿姨，这是我们科的带教老师。她工作好多年了。我请她给你们打，好吗?"带教老师熟练地为吴先生打好留置针并安置好，然后耐心地跟吴太太说："阿姨，你的心情我们可以理解。患者住院久了，挂的水又多，血管条件不是太好，并且甘露醇刺激性又大，会缩短留置针留置的时间，而反复打针只会增加患者的痛苦。所以，我们建议他安置深静脉置管，这样能减少痛苦。"

吴太太听了，恢复了往日的温柔："你们这样说，我就理解了。"然后跟小徐说道，"小徐啊，阿姨跟你说声对不起。我家先生生病了，所以我心里着急。他的血管是挺细的。这针的确不好打。之前阿姨说话有点不好听。你不要介意啊。""阿姨，没关系，我能理解你的心情。"小徐说道。

经过精心的治疗和护理，吴先生慢慢康复了。他们一家人还表扬我们的服务好，让我们感到很欣慰。

由此可见，我们和患者之间少一分冲动就会少一分冲突，多一分理解就会多一分和谐。在医患相处的过程中，遇到问题时我们都应该冷静，努力寻找解决的办法，从而提高患者对我们的满意度。

沟通，无极限

普外科护士　陈小娟

人与人之间的沟通，无论是在工作、学习中还是在生活中都是极其重要的。沟通是我们立身处世不可或缺的一部分。它是一门学问，也是一门深奥的艺术。一句话能把人说得气恼，但若换一种表述方式，就能把人说得心悦诚服。在与患者的相处中，与患者进行良好的沟通是我们一直追求的目标。我们每个人都在思考怎样才能做得更好，让患者更满意。

每个患者都有自己的文化背景和生活环境。有人会叫我们“妹妹”，有人会叫我们“阿姨”，有人会叫我们“护士小姐”，还有人会直接喊“喂”。这些所谓的称呼，体现出每个人不同的修养。而我们要做的是学着与不同的人打交道，以便顺利开展治疗工作。

如果我们每天早晨见到患者，都热情主动地做自我介绍，让患者记住我们的名字，也许双方就会感觉更亲近了。很多患者来院看病，其实心里是紧张的，因为他们不知道身体有什么问题，且对手术有莫名的恐惧感。这个时候我们医护人员给他们一个笑脸，就能够缓解他们心里的紧张感，拉近彼此的距离。在带领患者到他们床位的路上，我们可介绍一下病房周围的环境。有人怕冷，也有人怕热。进入病房后我们可问一下患者觉得室温是否合适，细心倾听他们讲述病情，然后为他们介绍看诊医生及其擅长的技术。这些都是我们力所能及的事情。我们要让患者在适应医院环境的同时，对我们产生信赖和安全感。

一般来说，中午的外科病区比较忙乱。若是有手术患者返回病房或者新患者入住的话，我们的工作量往往更大。这时，因为我们没能及时去更换补液，陪护的王阿姨冲出病房，大喊："没液体啦，怎么还没有人来换水?"此时，结果也许有两种。我们来设想一下情景。

情景一

护士说："阿姨啊，你没看到我们也在忙吗？要换液体啊？我马上来啊！"

王阿姨说："你快一点哪。都挂空了。"

护士说："马上来，马上来！"

王阿姨说："就知道说马上来。你倒是快点来换啊。如果出人命了，你负责啊！"

最后的结果是，护士更换了补液，但是护士与患者的家属在心里都会埋怨对方，渐渐地相互之间会产生不信任感。护患之间良好沟通的桥梁倒塌了。

情景二

护士说："好的，阿姨，我把我手头的事情放下就来。"

王阿姨说："你快一点哪。都挂空了。"

护士说："好的。（更换补液时）阿姨啊，我们现在的输液皮条都是有排气孔的，不会有空气进入身体。我刚刚正好在接手术患者。下次如果遇到这种情况，你可以先把调速器调慢一点。我肯定会尽快来更换补液的。"

王阿姨说："好的好的。我看你们是挺忙的。"

最后的结果是，护士更换了补液，患者的家属也能理解体谅护士。

做任何事情都像盖楼一样，都要打好根基。根基越牢固，楼房就会盖得越高，越坚固。护患沟通也是一样的。信任和尊重患者便是良好沟通的前提。作为医护人员，我们要提高自身的医疗工作水平，对患者认真负责，端正工作态度，增强患者对我们的信任感。对于来自不同地区，有不同文化背景、风俗习惯、经济状况的患者，我们应用专业的态度和良好的心态对待他们每一个人，尊重他们的人格。

"沟通，无极限"，简简单单五个字，却蕴藏着大道理。沟通，无处不在。我们在工作中要不断学习和提升自己，学习精湛的护理操作技能，同时努力增强自己的沟通能力。

第五章

沟通的力量

特殊的妈妈

儿科护士长 王 芳

曾经看到一篇文章这样描述儿科护士："如果说产科护士是用双手托起新的生命，那么儿科护士就是用爱心和耐心为患儿撑起一片生命的蓝天。"

随着社会的快速发展，护患关系日益紧张。如今的人们把心灵寄托于浮华世界，穿梭于灯红酒绿之间。很多人内心浮躁，缺少了属于自己的那一份纯真、理解和宽容。工作 20 年以来，我见到了形形色色的患儿家属。对于小儿科患者这样一个特殊的群体来说，良好的护患沟通格外重要。

我犹记得，那是一个寂静的夜晚。一位新来的宝宝哭闹不止，但他的各种检查结果都没问题。这时年轻的护士小沈说："或许是因为离开了妈妈的怀抱，宝宝不适应吧。"小沈随即抱起宝宝哼着儿歌，沿着长长的走廊一趟一趟地来回走。夜晚的灯光格外美丽，而这位护士"妈妈"的背影却比灯光更加美丽。待到宝宝进入了甜蜜的梦乡，小沈的手臂已经麻木。在将宝宝放回病床的瞬间，小沈的脸上洋溢着幸福的笑容。

我更记得，一个晨光熹微的清晨，一个高热惊厥的宝宝被急诊医生收治入院。因宝宝反复发病，其母亲的脾气异常暴躁。只要宝宝稍有不适，她就指责医护人员。当时刚毕业不久、还稚嫩未脱的护士小徐像个大姐姐一样，轻轻拍着宝宝，为宝宝擦干汗液，给宝宝喂水、讲故事。虽然两三岁的孩子对外界的反应已经较婴儿期明显了，但大多数因病住院的幼儿仍然不会表达。这时候的小徐以自己真诚的行动、友善的态度，和宝宝及其家属相处得十分融洽，还给宝宝的家属进行疾病知识的宣教，与宝宝及其家属建立了良好的护患关系。

“有时，一个微笑，对别人来说就是一份体谅；有时，一份耐心，对别人来说就是一份关爱；有时，一句谢谢，对别人来说就是一份温暖。”我们知道，丰富的专业理论知识和熟练的护理操作技能是诊治工作中必不可少的。但是，医学更是富有人性的。我们面对的是一个个患者，而且还是一个个弱小的生命。这更需要我们将人文关怀时时刻刻体现在工作中。我们是护士，但我们有时还需要扮演宝宝们的“妈妈”。我们的角色是多元的，因为宝宝们离不开我们，他们需要我们的呵护与关爱。

亲切温和的语气能在一定程度上消除患儿的恐惧心理，减轻其家属的焦虑情绪。同时我们还要学会聆听和观察，从患儿的表情举止中发现病情变化的蛛丝马迹。这样才能拉近护患之间的距离，让患儿及其家属对我们产生信任和依赖感。

“你是一支点燃的蜡烛，燃烧了自己，点亮了别人。”和谐的护患关系是我们一直所追求的。我们用爱心、耐心、细心和责任心服务我们的患者。我相信，只要心中有爱，我们就能温暖患者，让医患之间不是亲人胜似亲人。

门铃！门铃

新生儿科护士　许姗姗

“叮……”在这最熟悉不过的门铃声响起后，主班护士按掉铃声，赶去接待室查看。等到主班护士处理好再回来继续交班，门铃声又接踵而至……是的，在我们新生儿科这个24小时无陪护的病区，这个铃声便是我们医护人员与外界沟通的重要纽带。它代表着我们声声真诚的问候和祝愿，也代表着宝宝的家属们热切的期盼与焦躁不安的心情。

新生儿科将每周的周一和周四的下午2点至4点作为开放探视的时间。每当这时候，宝宝的家属们便早早地聚集在我们的接待室。门铃声此起彼伏，从未消停。“我们要看宝宝！”几乎所有的人都在重复着这一句话。宝宝的家属们的期待，甚至隐藏着的不安与紧张的情绪，我们都可以通过这一阵阵铃声感知到。

当我们将宝宝推过来时，宝宝的爸爸妈妈、爷爷奶奶顿时在宝宝周围围成了一圈，特别是宝宝的妈妈，早已热泪盈眶。于是我在一旁帮着哄哄宝宝：“宝宝，你的爸爸妈妈来看你啦。”“你看，妈妈想你想得都哭了。宝宝乖，宝宝不哭……”突然，静静躺在小床里的宝宝扬起了嘴角。“宝宝笑了。他笑了哦。”所有人也跟着一起笑了，甚至在远处围观的其他宝宝的家属也开心地笑了。这种幸福感立即感染了我，我的眼眶湿了。对我来说，这种被信任的感觉，让我感到很幸福。

每次宝宝的家属们来探视宝宝，都是由床位医生亲自将他们带到宝宝床边。床位医生会耐心地向他们说明宝宝目前的病情和康复情况。看着宝宝日渐恢复了健康，他们纷纷表示："我们相信你们。宝宝在你们这儿我们放心。"就这一句话，让我们觉得我们所做的一切都得到了认同，我们的付出都是值得的。

我还记得曾经收治过的一个病危案例。那是我院第一例使用有创呼吸机的宝宝。那个宝宝是早上6点左右被送来的。当时，上夜班的同事已经临近最疲惫的状态，墙上的门铃却突然响起来。紧接着，产科护士推着小床急匆匆地赶了进来。这个门铃像一个警钟，一下子敲醒了所有人。经过大家的共同努力，住院半个多月的宝宝终于康复出院了。宝宝出院的那天，那个门铃声再度响起，紧接着是一句"你好，我们来接宝宝出院"。当我们把宝宝送出去的时候，忍不住跟他的家属不停嘱咐。宝宝的爸爸微笑着，不停地点着头。当他小心翼翼地接过宝宝时，他的眼眶一下子红了。他连声向我们说着："谢谢你们！谢谢！"顿时我们所有人的心都感觉很温暖。

那个门铃，稳稳地挂在墙上。它有着普通的外表，以及我们最熟悉的声音。它记录着这里发生的一个又一个故事，传递着一声又一声问候。看到我们所有工作人员对宝宝的细心照料，本来焦虑不安的患儿的家属渐渐平静下来。彼此的信任感也就此建立起来。

关 怀

产科护士 王 珺

每天早晨步出电梯门，我总能看见那些“大肚子”们面带微笑地在产科病区的走廊里散步。她们幸福地抚摸着自己的肚子，有的还给肚子里的宝贝哼个小曲或对宝贝温柔地说着话。在这幸福感的笼罩下，我换上了洁白的衣帽，开始了一天的工作。

“早上好，昨天睡得怎样?”我与每一个孕妇打着招呼，并指导督促她们整理随身物品。在我的眼里，虽然孕妇躺在病床上，但不算是真正意义上的患者，因为怀孕是人的一种正常生理过程，因此我鼓励孕妇们在孕期尽量保持平时的生活。

“快叫医生来，我不要自己生，我要开刀……”隔壁房间传来了歇斯底里的叫声。我赶紧跑过去，拉开隔帘。此时“大肚子”小刘早已哭红了双眼。她的丈夫坐在床边拉着她的手紧皱眉头，而婆婆和妈妈站在床尾不敢吭声。原来小刘的宫口开了。医生让护士把她送到产房并给她挂催产素。她怕痛，不肯去，非要家属找医生行剖宫产。“王姐，我没本事生，快叫医生给我剖吧……”小刘一见我，就流下了大颗的泪水。这种情况我见得多了。宫缩的疼痛的确令人难以忍受。而且在一阵阵的宫缩中，产妇不知道疼痛什么时候才能结束。很多产妇都因为怕痛而选择剖宫产。

我用纸巾擦去她额头上的汗，把她的头发捋到耳后，坚定地对她说:“小刘，你离当妈妈只差一步了，要自己加把劲。顺产对你和孩子的好处我们都跟你讲过了。你不是也一直说要顺产吗?”“对对对!”两位老人连声附和。“那她痛得厉害，怎么生啊?还不知道要痛多久!真让人着急!”她的丈夫焦虑地说，“孩子会有危险吗?”我假装嗔怪地打断他:“你干吗这么着急?你这样反而会影响她。妈妈是那么容易当的吗?你要是不鼓励她，我可要把你赶出去了!”我对他使眼色，他立刻心领神会:“老婆加油，坚持顺产最好。”

“不行!”小刘又发出凄厉的叫喊声，“疼!”豆大的汗珠从她的额头上渗出。我一边给她擦汗，一边鼓励她:“深呼吸，不要叫，否则会浪费体力。”一阵疼痛后，她痛苦地说:“王姐，我真疼得不行了。如果宫口再开大一点，我会更疼的。我哪还敢用力?”一家四口的目光齐刷刷地看向我。我为她擦干泪水:“医生之前为你检查过了，你顺产的条件非常好。如果你现在放弃顺产，今后你的孩子问起‘妈妈，为什么别的孩子是妈妈顺产生出来的，而我却是开刀取出来的’，你打算怎么回答?难道你要跟孩子说‘妈妈怕疼，没本事，就求医生动刀子’?”“噗嗤”一声，刚才哭得像泪人似的小刘破涕为笑:“王姐，你别这样说。我是真的疼。”

“我知道。每个产妇都要经历这种痛，才能完成从女人到母亲的转变。不管是对你还是对孩子，顺产都是最佳方式。”小刘听了，再也没叫嚷着要开刀。我赶紧再给她的丈夫使眼色。他立刻领会了:“对对对，我们这就送她去产房挂催产素，这样可以让她快点生。”一家人护送着小刘走向产房。几个小时后，小刘的丈夫激动地跑过来:“生了生了。王姐，多亏你。她这么怕疼还能自己生下孩子!”我松了口气:“恭喜你!当爹啦!”小刘的婆婆和妈妈也对我竖起了大拇指……

在产科病房里，有产妇的哭喊声，更不乏婴儿的哭闹声。这不，一阵哭声由远及近。我一回头，看见张阿姨抱着孙子，皱着眉头说:

“小王，我都把他抱在怀里了，他还在哭，怎么办啊?”看着可怜的宝宝闭着双眼，张大嘴巴哇哇大哭，我不禁把他接到自己怀里：“哟，小家伙，抱着还不行吗?”说来也怪，一到我的怀里，宝宝就不哭了。张阿姨如释重负：“喏，他到你的怀里就乖了。估计你的声音他习惯了。我去帮儿媳妇擦个身，你帮我抱会吧。”张阿姨说完，头也不回地走了。小家伙睁大眼睛看着我。走廊里的阿姨们纷纷打趣道：“小王啊，还有多余的手不?我们家宝宝也在哭，要不先排个队?”宝宝在我的怀里或咂嘴，或眨眼，可爱极了。回到房间，张阿姨看到安静的小孙子，笑眯眯地抱起他：“这下他可喝奶了。宝贝，你再这样，我们就要考虑把王阿姨带回家了……”产妇也笑着向我道谢。我轻轻地关上了房门。

一天的工作在忙碌中开始，又在忙碌中结束。我脱下燕尾帽望向窗外。如今，高楼越来越多，空间越来越小；冷漠越来越多，温情越来越少；患者越来越多，信任越来越少。但在茫茫人海中，总会有人用丝丝关怀温暖着我们的心。我愿意以我微薄的力量给予他人最大的关怀，好好守护每一个生命。

沟通的力量

骨科护士 周 琴

卡耐基曾经说过：一个人事业上的成功，只有15%靠他的专业技术，另外85%则靠人际关系和处世技能。我认为，处理人际关系的核心能力就是沟通能力。沟通在我们的临床护理工作中有着非常重要的作用，直接影响到患者及其家属的满意度，甚至医院的形象和声誉。

记得2016年2月，我们科病房中有一个名叫陈鹏的小伙子。他因右胫骨平台骨折做了内固定手术。有一天，早晨一上班，我来到病房。“陈鹏，早啊！咦？今天你的精神好像不太好，怎么了？哪里不舒服吗？”

陈鹏耷拉着头躺在床上不吭声。坐在床旁的陈鹏的妈妈说：“周护士，你不知道，昨天晚上陈鹏发烧了，体温为38.3℃。医生给他配了泰诺。可今天早上体温为37.8℃，没有恢复正常。你说这是怎么回事啊？手术都做完十来天了。过两天他就要出院了，怎么发烧了呢？唉！”

“陈鹏妈妈，你别着急，一会儿孙主任上班后，我请他来看看陈鹏的伤口。若伤口没问题，发热就可能是天气冷引起的。”

第二天，陈鹏出现了尿频尿急的症状。我们遵医嘱给他用生理盐水500 mL和左氧氟沙星0.4 g静滴，并叮嘱他多饮水。下午两点的时候，我还没走出值班室的门，就听到陈鹏妈妈喊道：“孩子前天的体温为 38.3 ℃，今天的为 38.6 ℃。他的体温越来越高了。医生一会儿说是感冒引起的，一会儿又说是尿路感染引起的，到底会不会看病啊？护士就会让孩子喝水。喝水能治病吗？我的儿子有什么事的话，我和你们没完！”

我赶紧走过去，看见陈鹏妈妈气呼呼地站在护士站，一手叉腰，一手指着护士站的当班护士大声叫骂。

我急忙走上去，轻轻地把她的手拉下来：“陈鹏妈妈，你别激动。都怪我，早上给陈鹏输液的时候没和你说清楚。陈鹏的尿频尿急，医生诊断是尿路感染引起的。我们已经在给他用药了。今天的药不是比昨天多了一大瓶吗？那就是针对尿路感染的药。多喝水也是治疗尿路感染的方法。多排尿可以起到冲洗尿路的作用。都是我不好，上午实在太忙了，没讲清楚。我本来想下午空下来再和你们详细说的，没想到陈鹏的体温又升上去了。你的心情我能理解。对不起啊！我过一会儿再给他量一下体温。”

“周护士，我知道你们工作很忙，也不想多麻烦你们。可是作为家长，看着孩子的状况一天比一天糟糕，心里难受啊。我们是打工的，没什么文化，之前只以为孩子在医院里多吃药，多输液，就会好得快一点。不好意思，我是有点激动。你们不要在意啊。”

“我理解，我理解。如果是我的孩子生病了，我也会着急的。妈妈爱孩子的心都是一样的。不过陈鹏妈妈，我还要告诉你，陈鹏的体温可能还会往上升。我们会给他继续用药。你也要配合我们，鼓励陈鹏多饮水。”

后来，陈鹏的体温暂时升高到了 40.1 ℃。我们齐心协力，协助陈鹏妈妈给陈鹏更换衣物床褥，同时注意调节好室温……经过大家的细心照料，陈鹏渐渐恢复了健康。对我们所做的一切，陈鹏妈妈非常感激。

这件事情让我明白，只有重视患者及其家属的内心感受，才能真正建立起护患之间的信任，提升“三服务”水平，实现“三满意”目标。

付出与收获

妇科护士　吴　洁

医院是救死扶伤的地方，也是苦痛与欢笑交织的舞台，更是天使与病魔抗争的战场。病痛的生命来到这里祈求明媚的春光，焦灼的心灵来到这里渴望春风的抚慰，残疾的身躯来到这里渴求春雨的滋润……

我是一名护士，在这平凡的岗位上，用心血和汗水缔造着一个又一个生命的奇迹，用爱心和双手为一个又一个患者编织着明天的希望。

2015 年 4 月 21 日傍晚，我在急诊室上夜班。沉沉的夜幕早早就拉开了序幕。一切生命都悄悄地进入了梦乡。看着急诊大厅里空荡荡的，没几个患者，我心想，今晚也许一夜太平。可就在此时，一阵救护车的警笛声划破夜空。我心里的那根弦不由地绷紧了。一场生命的救援即将开始。

只见医护人员推着一位重症患者飞奔而入。“患者 16 岁，酒精中毒合并窒息，入院前突发呼吸心搏骤停。已为其清除了口腔内异物。”医护人员交代着病情。我立即上前查看患者，发现他的双侧瞳孔已经散大，呼吸和脉搏指数均为 0。我们马上开通绿色通道，监测生命体征，建立静脉通路。气管插管、注射药物……我娴熟地做着这一切，并配合医生交替做着心肺复苏。一个循环、两个循环、三个循环……在医生的指挥下，我们进行了再次除颤。电流又一次流遍患者全身，但是无效。患者的各项体征还是零。

此时，患者的父母陆续赶到了。只听见他们在抢救室门外撕心裂肺地哭喊着："救救他，救救他。我的儿啊，他才16岁啊。今天是他的生日。他和同学喝了点酒，谁知道竟然……请你们一定要救救他呀！"时间一分一秒流逝。看着如此年轻的生命依然没有复苏的迹象，医护人员的神经也越绷越紧。这样危险的体征每过一秒，都有可能让患者变成脑死亡。急诊室里所有人都在忙碌地抢救患者，但大家都保持着镇定。半小时、一小时……没有人放弃，大家不停地循环着给患者做心肺复苏。"来了，来了。自主心跳恢复了！"不知谁喊了一声。在场的所有人都欢呼起来。抢救成功了！患者的父母不停地说着"谢谢"。这时我才感觉到自己的双手在微微颤抖，一点力气都没有。这种把患者从死亡线上抢救回来的喜悦心情是旁人无法体会的。所有的付出都是值得的！

作为一名护士，我每天都重复着相同的工作，和不同的患者打交道。有时心情不好的患者会向我频频抱怨，让我觉得难受；有时一些患者的言语会让我感动……

2016年12月，我在妇科病房工作时，科里收治了一名外国女孩。她很焦虑，用英语和不标准的普通话断断续续地说着什么，还时不时用手比画。见此情景，我急忙上前询问："May I help you?"她吞吞吐吐地用英语向我说了她的情况。原来她来自智利，今年22岁，在苏州求学，现在意外怀孕了，不知如何是好。我用英语和她交流，让她别害怕，并告诉她只要配合吃药，然后做个小小的手术就好了。听了我的一番话，女孩的脸上露出了笑容。但由于语言不通，又没有家属陪伴，接下来的几天，她又显得忧心忡忡。作为她的床位护士，我主动找她了解病情，耐心地讲解了意外怀孕的相关知识及应对方案，终于打消了她的忧虑情绪。科里的几个小护士也时不时找她用英语聊几句。护工阿姨虽不懂英语，但总是热心地用手比画着，问她有什么需要。药流期间，这个女孩的反应比较大，恶心呕吐，很是虚弱。我告诉她："这是正常反应。你不要紧张。你需要好好休息，补充营养。"由于饮食差异，女孩吃不惯医院食堂的粥和馒头。护士长就自己掏钱给她买来了面包和牛奶……短短4天后，女孩出院了。出院当天，我陪她去办理相关手续，临走前又叮嘱她："你要好好休息，补充营养，按时吃药，如果不舒服就及时来医院。"女孩拼命地点头，突然给了我一个大大的拥抱。她笑着用英语说："你就像我的姐姐。尽管我身处异国他乡，没有亲人陪伴，但你们视患者为亲人，让我感到了温暖。中国的医护人员真是热心肠。"短短几句话却道出了护士与患者之间的真情。

我们的工作是平凡的，但又是伟大的。有时我们需要默默地奉献一切。我相信，当我们付出了自己最真挚的爱心，收获的一定是患者康复之后满意的笑容！

心　灯

产科护士　潘晓晴

每一个夜晚降临的时候，路边总是亮着各种路灯，照亮了我们前方的路。而我们产科的护士，也似产妇心头的一盏明灯，照亮了她们通往健康和幸福的大道。

“护士！”一阵响亮的呼喊声瞬间打破了夜的宁静。我闻声，一路小跑过去。安静的走廊里回荡着我匆匆的脚步声。

“来了！来了！怎么了?”我急急忙忙跑到产妇小李的身边。

“我老婆快疼死了。你说怎么办?”一个焦急得满头大汗的壮汉立即冲到我的跟前。他很紧张，紧皱眉头，表现出一副无计可施的样子。

“来！”我扶着小李坐起，“是不是觉得肚子一阵阵发紧，起初像来月经一样疼痛?”我轻拍着她的肩膀，尽量使她放轻松。

“疼，一直疼！我快受不了了！”只见小李眼含泪水，皱着眉头，倚靠着丈夫。疼痛让她非常难受。此时，即便是丈夫也无法让她真正放松下来。

“护士，你快叫医生过来。我老婆要生了！快快快！”她的丈夫不停催促着我，急得来回走动。

“痛，真的很痛。”小李咬着嘴唇，呻吟着。

我摸了摸她的背，轻轻地说：“如果你觉得肚子一阵一阵疼得厉害，就深吸一口气，慢慢地吐气。来，让你的丈夫给你放一段音乐，转移一下注意力。生孩子本来就是一个痛苦的过程，但我相信你能坚持下来！不要太紧张，否则宫口反而开得慢。我现在去给你找医生。放松哦！”

“好，谢谢护士！”

过了一会，医生对她做了检查：“宫口没开，宫颈管还有一段呢。你再等等吧！”

“护士，我老婆疼得这么厉害，如果宫口总是不开，该怎么办呢？真是急死人了！”

“你先好好安慰你的老婆，给她鼓劲。你这样着急，反而会让她更紧张。你想想，一会儿宝宝就要与你们见面了。到那时你们一家多幸福啊。放轻松。”

“哎……好吧！”

没想到刚过几分钟，小李的丈夫又冲了过来：“护士，我的老婆真的特别疼。我们想好了，决定剖宫产。再这样痛下去，大人都快不行了。”他的声音里已经含着怒气。

“好好好，你先不要急。我先听听小宝宝的胎心是否正常。你想呀，顺产肯定比剖宫产好。顺产的产妇恢复得也快。先不要着急，好吗？”

我赶紧提着胎心仪跑到小李身边：“胎心率为142次/分。小宝宝非常健康。宫缩是很正常的。而且随着宫缩强度慢慢变强，宫口就会打开，宝宝就会出来和你们见面啦。再忍耐一下。虽然现在你很痛苦，但是宝宝出生后，你会感到非常自豪的！深呼吸，慢慢吐气，放轻松。等到肚子开始规律地阵痛时，我再送你去产房分娩，好吗？再说，频繁的检查容易导致宫颈水肿，会影响分娩的。”我又诚恳地对她的丈夫说，“你一定要多鼓励你的老婆，让她不要紧张。”说着，我拍了拍小李的肩膀，给她做了一个加油的手势。

过了很久，小李疼得额头渗出了一颗颗汗珠。“护士，护士，我的老婆满头大汗。你快来看看吧！”我跑到小李身边，检查了宫缩的情况，确实很有规律，于是我赶紧通知医生。

“好了，宫口开了2厘米。你可以进产房分娩了。很快你就可以和宝宝见面了。”我笑着说，“恭喜你，小李。你很坚强。加油！”说着我也激动起来。又有一个新生命要降临了！小李自信地进了产房。

“谢谢你啊，护士。你忙了一夜，辛苦了。要不是你这样劝导我的老婆，她肯定没有顺产的勇气了。真的谢谢你！”小李的丈夫激动地说。

瞬间，我们都笑了。是呀，一个良好的沟通，就像一盏明灯，指引着患者满怀信心地向前走。我相信，只要我们用微笑感染患者，用真诚打动患者，用言语激励患者，他们就不会一直在“黑夜”里前行，一定会见到胜利的曙光。

坚强的娜娜

急诊科护士 龚如锦

年轻的姑娘娜娜跟着丈夫来到了美丽的苏州，原打算在这里开始新的生活，但是有一天突然感到肚子好疼。因为丈夫还没找到工作，为了不给丈夫添麻烦，她决定先忍忍。但是幸运之神没有眷顾她。她的腹痛没有缓解，一周后反而加剧了。实在没办法，她来到了我院急诊室。由于病情复杂，医生决定马上为她做手术。术中发现是阑尾充血水肿并发穿孔。她的腹腔中有大量脓性液体（吸出共计 1 000 mL）。脓液混浊，带浅绿黄色，并伴有恶臭。术中我们使用生理盐水 7 000 mL 为她反复冲洗腹腔，术后将她转入了 ICU。

面对妻子严重的病情，年轻的丈夫很无助，一夜之间像老了十岁。他默默地坐在 ICU 门外，不知所措。当我们要求他去买生活用品时，他结结巴巴："我……我没有……钱。我只有 500 块，都……交了住院费……"说完，他很羞愧地低下了头，但是他好像又想到了什么，立即对我们说，"但是我会去借钱的。你们一定要好好治！"面对他恳切的眼神，我们都不知道该说什么，只能一个劲地安慰他："你放心，我们会尽力的！"与此同时，住在 ICU 里的娜娜醒了，但是由于插着气管插管，她不能讲话。那双美丽的眼睛里充满了恐惧和疑惑。由于双手被约束住了，她害怕极了，用力挣扎着。这时候，护士长来到床边，握住她的手，凑在她的耳边对她说："娜娜，别怕！你在吴中人民医院的 ICU。因为你的病比较重，所以我们需要监护你一段时间。你别怕，我们都在你身边。你的丈夫也在外面等着你，你好好配合，争取早点恢复。这根管子的确会让你很难受，但是请你忍耐一下。这根管子可以保护你的气道，避免气道感染。等你的情况好转后，我们就会拔掉它。”娜娜仍然觉得疑惑，但她已经停止了挣扎。之后床位护士每隔一段时间就来到娜娜的床边关心她、安慰她，还教会她运用手势进行简单的交流。娜娜真是一个坚强的女孩，虽然浑身插满了管子，又不能讲话，但是她一直很配合治疗。由于生活拮据，她连生活用品都没有。ICU 的护士姐妹们心疼这个坚强的女孩，自发用科室的爱心基金为她购买了生活用品。护士长将生活用品放到娜娜的床边并对她说：“这是我们送给你的。希望你早日康复！”虽然她不能讲话，但是我们看到她眼里充满了泪水。那是感动、感激的泪水。之后，她更加配合我们的工作。有时在翻身后，她会主动要求把双手约束起来，避免自己意外拔管。

经过一段时间的治疗，娜娜的经口气管插管终于顺利地被拔除了，她也被转到了普通病房。在出院前，她和她的丈夫不住地对我们说着“谢谢”！我们都衷心地祝福这个坚强的女孩。

生命之托

产科护士　陈楠楠

2017 年 8 月 22 日上午 10 点左右，产房里传来了“哇哇”的啼哭声。一个可爱健康的男婴在新生儿辐射台上手舞足蹈，仿佛在欢庆自己的降生。

正当大家沉浸在欢乐中的时候，产妇小陈突然出现头晕、恶心、呕吐、面色苍白的现象，其监测血压、脉氧数据也开始下降。当班助产士凭着多年的工作经验，提高了警惕。她按压宫底发现轮廓不清，且按出了血块，立即考虑产妇因产后子宫收缩乏力，出现了产后出血症状。主治医师在按摩子宫后发现产妇的出血量达到 2 000 mL。“开通两路静脉通路，加缩宫素 10 U，给宫体注射欣母沛……”欢乐的气氛一下变得紧张而严肃。

小陈的出血量越来越多。值班的医生们都陆续赶来参与抢救。此时小陈已神志恍惚。她的脸上血色尽失，四肢冰凉。她随时有生命危险。主任考虑是胎盘植入，命令立即将小陈推进手术室实施抢救。胎盘植入是指胎盘绒毛穿入部分宫壁肌层，可导致产妇大出血、休克、子宫穿孔、继发感染，甚至死亡，死亡率达到 80%。为了保护产妇的生命，医生们决定切除子宫。手术室外是焦急等待的小陈的家属。我们耐心地向他们解释，告知小陈的病情以及实行子宫切除术的必要性。得到他们的支持，并和他们签好协议后，我们开始给小陈做手术。鲜红的血液源源不断地输入小陈的体内，她的生命体征也愈来愈平稳。经过大家的努力，小陈脱离了生命危险。

在场的每个医护人员的脸上都洋溢着笑容。成功后的喜悦令大家忘却了疲惫和饥饿。领导们陆续交代清楚余下的工作后才离开。钱护士长直到最后才收拾东西准备回家。临走时，她郑重其事地给夜班护士做床边交代："一定要提高警惕，定时监测血压，严格记录出入量，观察病情变化。如果遇到不好的情况不要慌张，要马上通知值班医生。"半夜她还打来电话，得知一切稳定后才放心。

第二天早上医生查完房说，产妇病情稳定，对她的护理可以改为一级护理了。我松了口气。作为床位护士，如果组里有个病重患者，我就会很紧张。后来我发现，虽然产妇的病情稳定了，但是她的心理问题还需要关注。我能理解她心里的痛苦。作为一个女人，失去子宫后，她有一种"不完整"的感觉。摘除子宫对她来说是巨大的生理伤害。每天她都郁郁寡欢，也无暇顾及襁褓里的孩子。我和护士长都很担心她，因为这样的心态不利于康复。由于她输了3 000 mL血，还输入了大量血浆，基本进行了一次大换血，后期可能会有并发症，因此术后的治疗和病情观察都很重要。每天晨间护理时我都去找她聊聊，嘘寒问暖，听听她的想法。起初她不愿意跟我交流。有一天午休时段，她的病房里传来了娃娃的哭声。我起身去查看，只见婴儿床里的宝宝哭得撕心裂肺，大概是饿了，她却背对着床一动不动地发呆。我把宝宝抱到她的怀里，让她抚摸宝宝。宝宝立马不哭了，还朝着她笑。我趁热打铁，教她挤奶、喂奶的方法，让她和宝宝互动。她一边喂奶，一边听我说话。我不敢给她做太多宣教，怕她反感，只是和她聊聊家常，同时告诉她失去子宫并不代表什么，健康快乐才是最重要的。

我每天去陪她聊天，教她如何照料宝宝，如何照顾自己的身体。渐渐地，她对我敞开了心扉，开始听医生的话，配合治疗，脸上的微笑也日益增多了。看着她慢慢地好起来，我觉得很欣慰。

通过这件事，我感觉到我选择的这个职业很神圣。我们承受的是来自生命的托付。具有高度的责任心、敏锐的观察力和精湛的专业技术是每一个患者对我们的希望，而护患之间的沟通更是在整个治疗过程中必不可少的。我们不妨学会换位思考，站在患者的立场，换一种思维方式。当患者对护理工作有意见时，我们抱着理解他们的心态，与他们进行沟通，就可消除不必要的麻烦和误会，使他们在沟通中得到心理上的满足。同时我们还要学会容忍患者偶尔出现的敌意和不信任，安慰、鼓励患者，使患者愉快地接受治疗。

一切都是美好的

普外科护士　方红琳

“哎哟！哎哟……医生！快点！痛死我了！”张阿姨在她儿子的搀扶下，双手捂着肚子向护士站走来。

欧阳老师接过张阿姨的住院证，为她办理手续，并让护士小徐先带张阿姨到床位。“张阿姨，这张就是你的床位，你先躺下吧。”小徐不紧不慢地说。张阿姨看着面前的床位，很生气地说：“我就住在这张床啊？我这么大岁数的人，怎么能住走廊？我不要住在这。我要住在病房里，而且医生没说让我住在走廊里。”

“张阿姨，现在病房里真的没有空床位。你看，前面几个人住的也是加床。只有等病房有了空床位，我们才能按入院先后顺序、病情轻重程度安排患者住进去。”可是张阿姨根本听不进：“反正我不管，我不要住在这里。”这个时间段正是忙的时候，小徐也没了耐心，冷冷地说：“病房里没有空余的床位。我总不能把别的患者赶出来让你住进去吧。你要是不肯住在这，那你去找医生吧。你们商量好之后你再过来。”

张阿姨一听这话，立马在走廊里大吵起来：“你这个护士怎么用这种态度?！我让你赶别人了吗？我肚子痛，但医生不给我用止痛药，也不给我输液。我在下面做了一堆检查，现在来到你们这里，却没有床位。你们就是这样对待患者的吗？”

听到这声音，我赶快走过去，微笑着对张阿姨说：“张阿姨，你不要生气，先坐一会。现在病房里确实没有空床位。你看，走廊里已经住了好几位患者。刚才我们和医生沟通过了，考虑到你的年龄和病情，只要有人出院，我们就立刻安排你住进去。你不要担心。你先住下来，好吗？”我一边说一边搀扶张阿姨坐下。看她面色有所改观，我继续耐心地说：“张阿姨，虽然你的肚子痛得厉害，但止痛药是不能随便乱用的。我们现在要为你抓紧时间治疗。如果你没有床位，医生就没办法给你检查和治疗了。你说是不是？”

张阿姨听后平和地说：“你们之前应该好好给我解释嘛。了解情况后，我先住加床也不是不可以。”

经张阿姨同意，我们立刻做了评估与宣教，并查看医生开出的医嘱，快速给予她相应的治疗。

第三天，张阿姨跑到护士站，质问道：“早上医生说要把我安排到病房里。为什么刚才那个在我之后来的患者都住进病房了，还没有轮到我？是不是他有认识的人，所以插队进去了？我要投诉你们！”我赶快跑到电脑边查看医嘱。医生并没有开出迁床通知。我对张阿姨说：“张阿姨，你等一会。我去问问医生。”张阿姨一听，更生气了：“你们一直让我等。我要等到什么时候？”我不敢再耽搁，赶快跑到医生办公室去询问，才知道医生的确答应今天将她迁进病房，但出院患者因为带药问题要到中午才能出院，所以张阿姨要等那个患者出院后才能迁进去。了解情况后，我立马去给张阿姨说明原委。张阿姨这才消气，平缓地说：“我的孙女生病了，在儿童医院。家里人都在那边。我难免心里着急，说话也比较冲。刚才我错怪你们了。”

听到张阿姨这么说，我顿时觉得心里很温暖。有时候患者一句理解、感谢的话，就能让我觉得自己所做的都是值得的。

两周后，张阿姨康复了。办理出院手续的那天，她给了我们一封满满两页纸的表扬信。这就是最好的情意。其实，只要我们真诚地对待每一个人，用心去沟通，就会发现，一切都是美好的。

耐心换真心

产房护士　嵇婧杰

那天交班之后，科室里来了一位宫口已开 3 厘米的产妇。这个产妇个子不高，肚子很大。我接到通知，这位产妇希望我帮她进行“导乐分娩”。我一边跟她进行自我介绍，一边观察她的体征。我带她到分娩室，给她测胎心、测血压、吸氧。我翻看病例才知：她的身高仅有 150 厘米；根据宫高腹围和 B 超检查结果估算，胎儿重 7 斤半。对她来说，孩子的确是大了。

她的骨盆情况不是很理想。我问她：“医生有没有跟你讲过孩子大小的事?”“讲了，医生说我这孩子大，生起来可能比较辛苦，也有可能生不出来，但我想试试。”我略感放心，因为有时只要产妇本身对情况有大致了解且拥有信心，那么事情就没有那么困难。接着，我给产妇的丈夫讲解陪产的注意事项，告诉他不要紧张。他渐渐地放松了，还开导产妇。这更让我下定决心要好好帮助他们。

考虑到产妇从前晚至今几乎没休息，我关掉灯，把机器声音调到最小，让她趁宫缩不厉害的时候先休息。我一边给她按摩放松，一边指导她的丈夫学做按摩。她很快就睡着了。

产妇睡着后，她的丈夫对我说：“我老婆是一个很怕疼的人，但听说顺产对孩子的健康比较好，就坚持要顺产，结果她疼了一夜。看她这样痛苦，我都不想让她顺产了！”“生孩子时产妇都会觉得很痛的。医生也讲了，你的老婆可能要比别的产妇更辛苦。你要有思想准备。现在你应当多鼓励她。”

约 1 小时后产妇醒了，说特想解大便。我一听，心中就有数了，因为有便意，说明宫口开大了。我让她平躺，把脚放好。我做好消毒，戴上手套查看她的宫口。宫口开大了，但是她的情况属于枕横位，难怪她有便意。我说：“你的宫口开了 5 厘米，比之前大了，但你不能用力，否则生孩子时会更困难。”接着，我打电话向床位医生做了汇报。

床位医生很快就来了。也许是因为还有其他患者需要检查，床位医生说得又急又快：“你孩子现在的头位不正，但你们可以再试试，让宝宝自己转。如果转不过来，顺产的可能性就小了。如果要试的话，你们就签字。”在整个说话过程中，床位医生都面无表情。好在产妇的丈夫能理解，对产妇说：“医生都查过了，说我们可以试试。听医生的肯定没错。那我签字啦。”签完字，医生简单告知“不能用力，要侧着躺”后就走了。

这时候，产妇的羊水已经破了，宫缩越来越厉害。我鼓励她，并指导她用呼吸减痛法，同时让她的丈夫不停地给她按摩。一个半小时后宫口开到了 8 厘米，但宝宝的头还是没转正，产瘤有 4 厘米。我告诉她要控制住自己，不能再用力，否则会引起宝宝宫内缺氧。可是痛了那么久，加上宫口开到了 8 厘米，她已经开始不由自主地用力，整个人已经失控了。这导致宝宝胎心率突然下降。她的丈夫看着她痛苦的样子，已经不知如何安慰她了。

我立即向医生汇报。这次来的是主治医生。主治医生查了宫口，告诉家属：“宝宝的头还处于横位，没有转正，且产瘤很大，胎心情况也不好。现在试产风险比较大，你们还是让产妇做剖宫产吧。”主治医生说完就走了，留下床位医生与产妇的丈夫谈话。

也许是看产妇吃了那么多苦，到头来却白受罪，产妇丈夫的心里有点失衡，以致主治医生跟他说“剖宫产”，他也压根没听进去。可能因为考虑到安全问题，想尽快结束谈话然后实施剖宫产术，床位医生的语速一直很快，致使产妇的丈夫听不太明白，要求床位医生说慢点。“我们着急啊！”床位医生的声音一下飙升了。

这时产妇的丈夫一拍桌子，指着床位医生怒吼道：“你用的什么态度？怎么一下子就要剖宫产了？你查都没查就说剖宫产。你算老几？”床位医生也比较心急，一下跟他争辩起来。产妇的丈夫抓住床位医生的衣服要抢工号牌，扬言要投诉。

听到吵闹声，我赶紧放下手中的活，跑过去抓住产妇丈夫的胳膊说：“刚才那位主治医生不是说要行剖宫产吗？这位床位医生是来跟你谈话，让你们做决定的。你这样只会耽误时间。现在胎心情况不好，医生要赶紧行剖宫产让宝宝出来。”他平复了一下情绪，说道：“这个医生的态度也太差了吧。他一下子讲了那么多，我哪听得清楚？我要投诉。”经过我的一番劝解，床位医生才勉强和他谈好话。但在床位医生出门时，他又对床位医生大喊：“我记住你了。你等着。我要投诉你。”

我看他还没消气，走过去拍拍他的肩膀说：“我们的医生刚才讲话太着急了。你不要介意。她也是着急，想抓紧时间给你的老婆做剖宫产。你老婆和孩子的安全才是第一位的。你的老婆肯定不希望你这么生气。她还等着你的鼓励呢。”

听到这话，他居然跟我说了声谢谢。最终，母婴平安。此时的他完全沉浸在当爸爸的喜悦之中，忘记了刚才的不快。真是皆大欢喜。

与人交流就是这样：多一点耐心，你就会获得理解与尊重。

医护，患者，医院

ICU 护士　樊　婕

“我从没听说过医生和患者还会发生冲突。这是我生平第一次听到医生也要练功夫。医生的天职就是帮助患者。患者到医院需要得到医生的帮助。无论如何，这种人身攻击、打架行为都很愚蠢。医生和患者都需要被教育。”这话是弗里德·穆拉德博士目睹当今中国式医患关系的现状后说的。

纵观现在的社会，无论如何努力，医患关系依旧那么紧张，医患沟通依旧那么令人无奈。不知从何时开始，医院仿佛成了服务行业，患者们再不似从前一样亲切地叫着“护士护士”，而是粗声粗气地叫着“服务员”……但我们能怎么办？生活还得继续，关系还得改善。

医患沟通，我们每天都说，时时都提，但实施起来并不容易。以前“医患一家亲”的场景现在已经很难见到了。随着社会的发展，科技的进步，人类的利益纷争也与日俱增。伤医事件频频发生。良好的沟通仿佛已成为一件“老大难”之事。但俗语道：“世上无难事，只怕有心人”。是啊，只要以心换心、将心比心，终有一天温暖的阳光就会照进每个人的心头。

我现在所待的科室是重症医学科，一个人们在电视上看过“最可怕”的科室。这里的每个患者都躺在床上，他们的身上基本都插满了各种管子。床头架满了输液泵，大量冰冷的液体经过血管汇入患者温暖的身体。这里没有欢声笑语，甚至没有患者的家属。如果你停下手中的工作，静静聆听，入耳的只有各种仪器工作时发出的滴滴声。一切都显得那么冷冰冰。在这样的环境下待久了，常人都会或多或少地觉得很压抑。有时候，一些幸运的宠儿与死神擦肩而过。随着病情的好转，他们的意识也慢慢地恢复。一声轻轻的呼唤，总能唤醒我们内心深处最柔软的那根神经。我们本以为早已冷却的沟通本领瞬间被唤醒了。我们亲切地握住患者的手，温柔地询问他们的需求，轻声为他们解释在这期间曲折的经历，感恩他们同我们一起努力。此刻，医患矛盾、医患纠纷，都显得如此可笑。

只要我们耐心感受患者的内心，用心体会患者的苦痛，带着同理心去沟通，一切矛盾就都可以被化解。重症监护室里的患者已经是最脆弱的人了。患者在与死神交战过后，睁眼的瞬间宛如新生。此时，患者的一切表现都是最真实的。此时，护患沟通摒除了所有凡尘杂物。当你学会与重症监护室的患者沟通时，人生中其他的沟通还会困难吗?

站在患者的立场来沟通

心内科护士　李双双

在临床工作中，护患沟通的过程中仿佛有红绿灯。不利于沟通的言语和行为是护患沟通的红灯。而恰当的言语和行为是护患沟通的绿灯，能让护患沟通畅通无阻。

有一天傍晚，小王巡视完病房，刚走到护士站，正好迎来一位90多岁坐着轮椅的老爷爷。老爷爷的家属看到小王后，问："现在有没有床位?"小王正好要跟中班护士交班，就用生硬的口吻答道："没有。只有加床。"老爷爷的家属气冲冲地跑到病房，一个一个地看过去，看到有张空床位后，回来就指着小王的鼻子破口大骂："你们明明有空床，为什么不让老人睡?你能不能换位思考一下?假如他是你的亲人，你会忍心让他睡在走廊里吗?"老爷爷的家属越来越激动，脏话连篇。

这时，工作经验丰富的张老师看到这个场景，大致了解情况后，小声地跟小王说："你先交班吧，我来和他解释。"张老师轻声细语地对老爷爷的家属说："你们的心情我们理解。确实老人睡在走廊不方便，但刚刚你也看到了，那张空床是女床，所以我们没办法把老人安排进去。明天只要有男患者出院，我们就立刻把老人安排进去。"张老师一边说，一边亲自将老爷爷推到走廊的加床边，并搀扶老爷爷上床，然后面带微笑地对他的家属说："晚上走廊上可能有点冷。我等会再拿一条被子给老人。因为走廊里没有卫生间，所以我们会给他准备好床边坐便器……”张老师关切地问老人，“老爷爷，现在这样睡舒服吗？是否需要我帮您把床摇高点？”老爷爷连连点头致谢，同时对身边的儿子说：“你不要为难医生了。我睡在走廊上也蛮好的。走廊里的空气可以流通呢。”然后老爷爷又对张老师说，“你们不要介意。我的儿子性格冲动、脾气急躁。他向来就容易发火……”张老师蹲下身子，帮老爷爷掖了掖被子说：“我们不会介意的。也谢谢你的理解和配合啊！”这时，老爷爷儿子的情绪也平缓下来了。他小声嘀咕：“父亲年纪大了。我怕他晚上住在走廊上冷。这次他之所以住院，就是因为在家着凉后发烧了。”不一会儿，加被、床旁坐便器及屏风都被送来了。张老师小心地给老爷爷盖上被子，说：“老爷爷，假如你还觉得冷的话，就马上告诉我们。我们会给你想办法的。”这时老爷爷的儿子惭愧地说：“刚才我太心急了，讲了一些不好听的话。请你们不要介意啊。”张老师笑眯眯地对他说：“只要你们满意，我们就放心了。以后你们有什么困难，我们会尽力帮助你们解决的。”

类似这样的情况还有好多，天天在医院发生着。但是只要我们懂得换位思考，把患者当成自己的亲人，尽力帮助患者解决问题，一切矛盾就都会被化解。我们不要空喊口号，而是要多学习一些沟通技巧，并灵活运用在临床实践中。如果在工作中遇到一些难以沟通的患者，只要我们耐心地解释，控制好自己的情绪，最终一定就会得到患者的体谅和信任。

温柔的力量

心内科护士 张 慧

从走上工作岗位到现在，虽然只有短短的几年时间，但在这几年中，我见证了吴中人民医院的快速发展。先进的管理理念、浓郁的人文气氛、系统的规范培训，使我早已融入其中。在临床工作中，我认识到，不管遇到什么情况，都要以一种平和的心态对待患者，理解他们，包容他们，关爱他们，给予他们爱的力量。

我依然清晰地记得，在我遇到的无数的住院患者中，曾经有一位老患者，因“阵发性心悸十余年，再发一周”被收住入院。经检查，他的诊断结果为心律失常、阵发性室上速。医生在对他行心腔电生理检查与射频消融术时，他出现了左锁骨下动脉出血。于是医生立即行手术止血后将他转至 ICU 治疗。因病情变化，他发生了拇指末节坏死。医生对他做了右手拇指解脱手术。病情稳定后，他被转入心血管内科做进一步治疗。

患者既往体健，但术后卧床不起，不能下床活动，而且术后并发症使患者的右手拇指缺失。这让患者对下一步的诊疗以及身体的康复缺乏信心，其家属对医护人员也一直抱有怨气。

在这样的情况下，我们始终以平和的心态面对患者。当患者及其家属对医疗的一些并发症表示不理解，不配合治疗，不信任医护人员的时候，我们以倾听的方式，使其真正感受到来自我们的关心。尤其是在他们的情绪激动时，我们没有用大道理来说服他们，而是让他们尽量发泄和倾诉，说出内心的感觉与想法，然后帮助他们平复心情，疏导情绪。

当患者及其家属对我们的护理工作表示不满，提出抱怨时，我们没有过早辩解，也没有与他们正面交锋，因为我们懂得他们的心，理解他们的痛苦。当患者及其家属提出要求时，我们首先尊重他们，主动与他们进行耐心的交流沟通，委婉地分析道理，提出有利于患者康复的意见，并满足他们的合理要求。

我们还与主管医生一起，根据患者的病情，具体分析患者的现状及通过康复所能达到的效果，为患者制订切实可行的康复计划，主要包括如何进餐、如何如厕、如何锻炼关节……我们每天坚持帮助患者做功能锻炼，将患者的每一点进步及时告诉患者和他的家属。慢慢地，患者对康复有了信心，积极主动地参与到功能锻炼中，以增强康复效果。

有付出就有回报。患者渐渐变得开朗了，愿意向医护人员敞开心扉，说出心里的想法。通过有效的沟通，我们了解到，该患者因为疼爱子女，从不愿增加子女的负担，还帮子女做家务。面对这样的情况，我们及时告诉患者，他不积极治疗导致的恢复不良将会更加拖累子女。与此同时，我们把患者的顾虑和想法告诉了他的子女，希望他们加强家庭支持，多关心患者，多开导患者，他的子女也很配合我们。在大家的共同努力下，一个月后患者就能在陪护人员的搀扶下下床活动了。看着患者脸上露出的笑容，我们倍感欣慰。

在今后的工作中，也许我们还会遇到各种护患矛盾，但是我们不会气馁。虽然我们将最为宝贵的青春年华奉献给了默默无闻的护理岗位，但是看着患者经过我们的护理治疗最终康复出院，我们感到非常自豪和骄傲。面对护理事业，我们的赤子之心始终如一，无怨无悔。

你是一颗珍珠，还是一粒沙子

儿科护士　张　艳

我很久没有静静地看看书、写写字了。白露已过，天气也渐渐凉爽了。我泡了一杯热牛奶，拾起一本床头书，倚靠在床边，心也慢慢静下来。从前我喜欢看经典名著，现在却更加钟爱那些励志的短篇、精致的美文，因为它们总可以给予我力量，让我舒心和释然。

今天，想和大家分享一篇短文。它虽然简单，却令我震撼。这篇短文叫《你是一颗珍珠，还是一粒沙子》，讲述了这样一个故事：有一位青年喜欢弹吉他，喜欢唱歌。他的嗓音有特色。毕业后他回到家乡小镇，以卖唱为生，多次把自己写的歌曲寄给唱片公司，却无人赏识。他以为家乡是小地方，没有发展机会，于是辗转来到大城市寻找机会，可是几年之后他的境况依旧不堪。他耗尽了所有精力，换来的依旧是不变的生活，于是他绝望了。一个晚上，他独自行走在黑漆漆的海边，纵身一跳，沉入了海里。一个渔夫救了他。等他醒来后，他把自己的苦楚告诉了渔夫。渔夫听后并没有马上安慰他，而是带他去了一个沙滩。渔夫捡起一粒沙子后又把沙子丢回沙滩，然后让他把刚才那粒沙子捡起来。他说："这是根本不可能的事啊。"渔夫又把口袋里的一颗珍珠丢到沙滩上，然后让他捡起。他说："这当然没问题。"看到这里，我相信大家都明白，接下来渔夫要对青年说些什么了。

的确如此，我们常说"是金子，到哪里都会发光"。诚然，后半句是"是石头，到哪里都不会发光"。我联想到之前医院领导给我们发过一本名为《不抱怨的世界》的书。书中所述内容正印证了这样的道理。比如我自己，常常会因为工作和生活的不如意而感到沮丧，仿佛是这个世界怠慢了自己。然而正如刚才那个故事的最后渔夫所说："当你抱怨社会的时候，你是否想清楚自己到底是一粒沙子还是一颗珍珠。你总说没人赏识你，但如果你和普通人没什么区别，你又怎么可以苛求别人来把你当成一颗珍珠呢?"

刚踏上工作岗位的时候，我也会因为操作不熟练、护理不到位而受到患者的责备。加上院里各种会议、检查考试，我常常觉得喘不过气来。特别是有时与患者的沟通不到位，给自己的工作带来了不必要的麻烦和困惑。

人们常说有压力才有动力，这话说得的确不假。凡事都有两面性。回头想想，正是那些考验、那些磨炼促使我们快速成长。也许我们付出很多，却总被怀疑否定；也许我们拼尽全力，世界却总无回应。就像短文作者说的那样，其实，没有一种努力是白费的。有些回报来得及时，正是你想要的；而有些回报会在你想不到的时候，以另一种方式到来，虽然不同于你最初的预想，但让你产生"无心插柳柳成荫"的感觉。所以，只有真正掌握了护理工作的精神内涵，你才会明白沟通是建立良好医患关系的第一要素，因为我们总是要去安慰处在病痛中的患者。

虽然我只是一名普通的白衣天使，输液、打针等是我的必备技能，甚至有时换灯泡、修水管等也是我的必修技能，但我在忙碌的工作中，越发意识到沟通才是工作的重中之重。于是我在日常工作中努力做好护患之间的沟通，让患者理解我，信任我，配合我的治疗工作。经过我不懈的努力，我的付出得到了回报。

努力过的人，会成为那个独一无二的自己，成为到哪里都会发光的金子!

第六章

沟通的技巧

以心换心，温暖人心

供应室护士长 朱秀娟

窗外漆黑一片。整个城市都进入了休眠状态。我揉了揉酸涩的眼睛，抬头看了一下时钟，凌晨3点。此时，还在陪伴着我的，除了走廊里微弱的夜灯外，就剩下监护仪的滴答声了。监护仪的声音虽不大，但很有规律。我离开办公电脑，起身拉了拉工作服。白色的制服在黑夜里愈发显得耀眼。我俯身在水池边捞了一把凉水拍在脸上。“好吧，又要开始巡视病房了。”我不禁自言自语。

说实话，我喜欢妇科工作。也许是因为患者与我同为女性，也许是因为遇到的患者大多为同龄人，总之，我的同理心就在妇科工作中被点燃了。

我轻轻推开第一间病房的门，扫视了一遍。大家的呼吸声都比较均匀，看来都睡得不错。随后我就退了出来，掩上房门。将所有的手术患者都一一看过之后，半个小时就过去了。

我刚回到护士站洗手，就听到一阵急促的脚步声由远及近，紧接着是“乓乓乓”的拍门声。我急忙把手擦干，一路小跑去开门，压低声音应着：“来啦来啦！”

“你们这是什么破医院，大半夜让患者楼上楼下地跑?!”来者气势汹汹地吼道。我抬头一看，这是一个非常健硕的男子，皮肤黝黑。此刻他的额头上渗满了汗珠，手挽着一个女人。女人看起来很瘦弱。也许是因为不适，她弓着背，脸色苍白。我没有接他的话，连忙把女子搀扶到检查室躺下。她的手是冰凉的，于是我给她盖上了被子，然后招呼护工阿姨看护她，便转身给医生值班室打电话。其间我看到那个男子愤怒的表情似乎缓和了些。

我院的妇科和产科值班医生是统一调配的。一线、二线医生都在产科忙着，而三线医生暂时负责妇科，处理当天术后患者的突发事件和急诊患者就诊。那个男子应该是刚从产科过来，然后被告知医生在楼上，辗转几次，加上着急，所以便有了情绪。我能理解他的心情。

医生很快便赶到了，初步检查后，说："你老婆的情况是妊娠剧吐引起电解质紊乱。她需要静脉补充营养。B超显示孩子暂时没有什么问题……"男子认真地听医生说，一个劲地点头："孩子没事就好，孩子没事就好……"他粗糙的双手摩挲着老婆冰冷的手。两个人相视一笑，跟两个孩子似的。后来我知道了，男子叫小张。

等一切处置妥当后，小张开始目不转睛地盯着点滴瓶。我仔细观察了一下，他应该是那种特别淳朴的人，顾家、顾老婆，为了生计，为了老婆腹中的孩子，拼命挣钱养家。也许是因为感觉到我在打量他，他有点惭愧地说："对不起啊，刚才我急了点。我们俩文化程度不高，很多东西都不懂。你没被我吓到吧……""没事没事！"我朝他笑笑说，"我能体谅你们的心情。你照顾好她吧。"

随后我回护士站处理其他事情。其间我去给小张的老婆换了几瓶水，但因为怕影响她休息，我就没说话。早晨交接班结束后，我把一份妊娠剧吐的宣教单递给小张："你们看看上面的注意事项。你的老婆胃口不好。她容易发生低钾血症。你去给她买点橙汁和香蕉。我在宣教单背面还写了我的秘方哦。对了，孕吐厉害的孕妇，她的血液HCG的水平高。也许你们的宝宝会更健康、更聪明呢！我还推荐了一款育儿软件，特别实用。你可以让你的老婆每天看看软件推送的育儿知识。这样可以分散她的注意力。"小张认真地听我把话说完。还是他的老婆反应快："谢谢朱姐。我一定听你的话。就算吃饭会吐，为了宝宝我也要补充营养。"

后来因为班次的原因，我并没有负责小张老婆的护理，但每次遇见她，我都会和她打招呼。虽然她还是会吐，但明显她的状态越来越好，脸色也红润了。有时我会看到小张轻轻抚摸着老婆日渐隆起的肚子，傻傻地笑，甚至能看到夫妻俩抱着手机一起看育儿软件……每当我看到这样的情景，我的心底就会泛起柔软的情愫。

两周后，小张老婆的身体指标正常了，食欲也恢复了，体重甚至重了两斤。我路过病房的时候，小张一把拉住我，硬往我口袋里塞了一把糖，带着一丝羞涩和兴奋的表情说："今天我们要出院了。你给我们的建议特别好。我已经迫不及待地要当爸爸了。接下来，我会改改我的臭脾气，不能再随便发火了，不然以后会吓着孩子的，嘿嘿……等孩子出生后，我一定来给你送喜蛋吃！"

"好的好的，我相信你以后一定是一个好爸爸。你们的喜蛋我吃定了！"我站在护士站，挥手送别夫妻俩。小张揽着老婆。他们俩的步伐缓慢但一致，身后是暖暖的阳光。这幅美好的画面在这一瞬间定格于我的脑海中。

李爷爷戒烟

东大街分院院长助理　吴红华

李爷爷是一位离休干部，今年 88 岁。他的老伴已过世，而唯一的女儿要上班，不能在家照顾他。李爷爷本身有不少基础疾病，患有慢性支气管炎、糖尿病、冠心病、高血压病等。

得知李爷爷的烟瘾很重后，我们对他进行了耐心、详细的健康宣教。李爷爷听后表示要戒烟。但是第二天早晨走进病房，我们都能够闻到香烟的味道。护工告诉我们，李爷爷躲在卫生间偷偷地抽烟。商量之后，我们立即召开了老干部的公休座谈会。会上，我们首先宣读了医院的规章制度，对慢性支气管炎的治疗、预防等都进行了讲解；其次，我们特别强调了吸烟对身体的危害；再次，我们请每一位老干部发言，希望大家提提建议，该怎么劝阻院内吸烟者。老干部们听后，畅所欲言，对在医院内吸烟的行为进行了狠狠地批评。轮到李爷爷发言时，他表示自己很惭愧，希望大家监督自己。老同志们更是纷纷帮忙出主意，教他如何戒烟。会议达到了预期的效果。会后的第二天早晨，当我走进李爷爷的房间时，闻到的是香瓜子的气味。李爷爷笑着对我说，护士们知道了他戒烟的决心后，买来了瓜子、小番茄、黄瓜和柚子等，让他在烟瘾发作时就解解馋，转移注意力。李爷爷几十年的烟瘾就这样被慢慢地戒掉了。

众所周知，戒烟是预防慢性支气管炎的重要措施。对老年人慢性病的管理不是以治愈为目的的，而是为了将慢性病患者的健康状况、身体功能维持在一个满意的状态，使慢性病患者能有好的生活质量，过上比较健康、独立的生活。因此，为了李爷爷的健康，我们在和他沟通之前制订了详细的计划并做了充分的准备，了解了他的病史、家庭社会关系、职业、生活习惯和文化程度。之后我们先与他进行了正面沟通，讲清吸烟的种种害处，只是效果不太明显。于是我们才运用公休座谈会的方式，带着解决问题的工作思路与他进行了间接沟通，从而达到了理想的效果。李爷爷能够成功戒烟，与他自身的素质和个人觉悟有关。他在明白个人吸烟会影响大家的健康后毅然决定了戒烟。在这方面，李爷爷确实是我们学习的榜样。他的所作所为体现了一位老同志良好的素质和修养。

希波克拉底说过，医务人员有三样治疗工具——语言、药物、手术刀。可见，语言是排在第一位的，是首要工具。而护理语言要严谨稳妥，遵循保守秘密的道德规范，遵循护患之间的交往规范，体现指导、安慰、鼓励的职业规范。医务人员在与患者沟通时要有策略，使护理语言表达艺术化、人性化，体现人文修养。面对性格直爽的患者，医务人员可以直接说出想法，开门见山地与患者讨论问题所在，并采取有效措施，在不违背原则的前提下，尽量使患者满意。面对沉静敏感的患者，医务人员要学会察言观色，点到为止。总之，我们服务的对象是人。每个人都有他的特殊性，因此我们的沟通方式也应随机应变。良好的护患沟通可以缩短护患间的距离，是做好护理工作的基础。

沟通的窍门

产科护士　王　珺

时间宛如指尖流沙，在指缝中悄然流走。我仿佛还在落叶的吱吱声中悄悄伤秋时，寒冷的北风已来到身边。冬天到了。我翻翻日历，惊呼时间竟过得如此之快，不知不觉中迎来了自己护士生涯的第10个年头。回望跌跌撞撞走过的岁月，其中有欢笑，也有泪水。个中滋味，只能自己细细品味。

常听人说，老小老小，老人就像小孩一样。可是，在我眼里，每个患者都是一个孩子，或乖巧，或任性，各有特点。记得那次一个妊娠期高血压的孕妇住在我分管的床位上。大清早她的血压为170/110 mmHg。我像平日一样发药给她，她却嘟嘴不肯吃："我不想吃！"她的丈夫很无奈。"为什么呢?"我耐心地问她。她很懊恼地说："吃了又没有用，为什么要吃?"她的丈夫像抓着救命稻草似的看着我："你可来了，她今天犟得很……"我摸摸孕妇的额头："没有发烧呀。哪里不舒服呢?"她赌气似的朝我翻白眼。"呀，眼睛怎么了？因为血压太高了所以眼睛往上翻了？……""噗嗤"一声，孕妇终于笑了："王姐，你干吗？人家昨天没睡好嘛。"我总算知道根源了。"你没睡好的话，血压会更高。你赶紧先把药吃了，一会再补补觉。"我顺手又帮她捋了捋头发，"都快当妈妈的人了，还耍小孩子脾气。"她顿时委屈地说："可是在医院里我怎么睡得好呀？一点也不舒服啊。"我有点哭笑不得，但还是耐着性子说道："傻丫头，如果在医院里能舒服的话，那每个人都来住了。知道这里不舒服，你还不争口气快点配合治疗，然后早点出院。你想让我伺候你多久啊?”“噗嗤”一声，两口子都笑了。她的丈夫立刻把杯子递给我。我把药送进她的嘴里，喂了几口水。“要不要我掰牙缝检查药有没有含在嘴里?”我逗她道。“啊——”她把嘴巴张得超级大。“好啦，大嘴巴，你的口水要掉下来了……”我扶她躺下，盖好被子，对她说：“好好躺着，能睡就睡一会。我待会过来再给你量一下血压。应该会降一点。”“嗯，好吧。”这时的她就像一个听话的孩子，静静地躺着。她的丈夫终于笑了，默默地做了一个抱拳的手势。我向他微笑点头，轻轻退出房间。

经过这些年，我深知沟通的重要性。假如沟通是一扇门，那么语言就是这扇门的钥匙。如果沟通的门通向的是一望无际的沙漠，那么语言这把钥匙就会引领你走向鸟语花香的绿洲。对每个患者而言，我们的每一句话都会或多或少地影响他们。所以，当我们真正成为成熟护士的时候，必然已经掌握了语言的学问。只有正确地应用语言这把钥匙，我们才能把沟通的大门打开。

董老的烦恼

分院护士长　沈云芳

初秋的早晨，和煦的阳光照进了东大街分院的老干部病区。小张和小王作为护理一组，精神饱满地前往330病房做晨间护理工作。

330病房是个单人间，今天却敞着门，不像平时需敲门而入。患者董老是一个离休干部，85岁，患有冠心病、高血压，服药至今。此时，他面无表情地坐在床边的靠背椅上，鼻子上塞着吸氧管。氧气湿化瓶“咕咕”地冒着气泡。

“董老，早上好！昨晚睡得好吗？有什么不舒服?”小张柔声问道。董老淡淡地说：“嗯，还好，没有。”“我们来做晨间护理。”小王和小张习惯了董老的面无表情，精心整理好床铺、床头柜后，准备转身离开。

这时，细心的小王觉得开着的门有些异样，便将门关起来，发现门上玻璃观察窗的背后糊着一张报纸。小王下意识地喊了声：“董老！”然后转过身来对董老说，“门玻璃上不可以……”她还没说完，就见董老颤巍巍地取下了吸氧管，撑着椅子扶手站了起来，大步向门口走来。董老用右手指着小王吼道：“你们这些护士，专管这些事。该管的不管，不该管的瞎管！”他的声音异常洪亮，震颤的余音回荡在空中……小王愣在那里尴尬不已。小张见状忙说：“董老，你别生气，先坐下吧，以后慢慢再说。”小张拉着小王逃出了病房。而门外已经站着不少围观的人。

护士长闻讯赶来，了解实情后来到董老的房间。“董老，坐下吧，把氧气吸上。我现在担心你的身体。生气对你的血压控制不利啊！”此时董老的怒气还未消。他想要站起来却被护士长劝坐下了。氧气湿化瓶一直“咕咕”冒泡，鼻导管的一头却被董老抓在手中。护士长轻轻将鼻导管拿过来并顺手给他戴上，再为他把脉。“心率有点快，但心律整齐。”护士长笑着说，“你先休息一会儿。半小时后我来测血压。”

回到护士站，护士长琢磨着：今天的董老为什么如此暴躁？莫非家里有事？于是她拨通了董老女儿的电话。原来是因为董老和他的老伴发生了口角。老太太赌气不理他了，而女儿因工作忙，几天没来探望他。

半小时后，护士长拿着血压计、听诊器来到董老的床边。此时董老半卧躺在床上。他的情绪明显缓和了，血压为135/70 mmHg，心率68 BMP，呼吸平稳。征得同意后，护士长搬了凳子坐在床边：“董老，我们谈谈心吧。你平时一直爱干净。我想，你在门上的玻璃窗上糊报纸肯定是有原因的，对吧？是因为光线太亮了？”“嗯，是的。昨晚我睡不着，因为走廊里的灯光太亮了，所以我用报纸遮遮光。”董老终于打开了话匣。护士长趁机分析道：“玻璃窗上糊报纸，既不美观，又不便于我们观察你的情况。你说是不是该拿掉？”董老终于点了点头。

经过一番沟通，护士长了解到董老的心结：他想家人了，又不愿主动联系；血压不稳让他很烦恼；夜里他睡不好觉，就觉得走廊灯光太亮。护士长将董老的血压监测增加到每天两次，并嘱咐夜班护士晚上将走廊灯光调暗，然后再次和董老的家人通电话做思想工作。下午，当董老的女儿带着妈妈来探望时，董老的脸上露出了久违的笑容。

作为护士，在护理患者的工作中，光有专业知识和护理技术远远不够，还要有一双善于发现问题的眼睛，更要有爱心、耐心和责任心，善于与患者特别是老年患者进行良好的沟通，耐心细致地做好思想工作，让患者心情愉快，积极配合治疗。护患沟通是护理工作中极其重要的一步，不但有助于我们获得相关信息，还有助于疾病治疗工作顺利开展。

我们，一直在身边

手术室护士 杨 虹

周二，忙碌的一天又开始了。

当得知今天有一个5岁的小孩要做疝气修补手术时，我不由地担忧起来：一是担心静脉打不进，二是担心小孩不配合。怎么办呢？就在我思索着对策时，勤工已推着小孩进来了。我连忙迎了上去。

进来的小孩名叫贝贝，旁边站着的是贝贝的父母。妈妈的手紧紧握着贝贝的手，边摩挲边说：“贝贝，要勇敢啊。昨天我们已经约定好了。”我转过头，看见贝贝的眼里还噙着泪水，双手把被子拉得高高的，半张脸都被遮住了。我摘下口罩，核对完基本信息后，笑着说：“贝贝，等一下阿姨陪你进去，但是爸爸妈妈要在门口等着……”我还没说完，只见大颗大颗的泪珠从贝贝的脸上流下来。贝贝咬着嘴唇不敢哭出声音。虽然有些不忍心，但我还是推着他进了准备间。

准备补液时，我发现贝贝有留置针，顿时安心不少，跟他闲聊了起来：“贝贝，不要害怕。等一下进了房间，我们会让你睡一觉。一点也不疼。这次你表现好的话，我会跟幼儿园老师说哦。她肯定会当着全班小朋友的面表扬你非常勇敢。对不对？”他机械地点了点头，“嗯嗯”地应着。因为医生说要等专家来，所以我们只能先在准备间等着。我怕他无聊，拿出手机问他要不要看会动画片。“要！”于是他就沉浸在他喜爱的《超级飞侠》中了。

墙上的时钟“滴答滴答”地走着。同事们都在忙碌着。准备间里只剩下我和贝贝。漫长的等待使我有些焦躁起来。贝贝也不再盯着屏幕看了，左看右看，探查了一番后，“哇”的一声大哭起来。那势头如千军万马奔腾而过，拦也拦不住，劝也劝不了。

护士长听见了，赶紧走了过来。我们几次试图安慰贝贝，但一点效果也没有。我与护士长商量后，决定让贝贝的妈妈进来陪伴。果然，贝贝看到妈妈后，哭声渐渐小了。我跟贝贝的妈妈解释道：“贝贝可能对陌生环境感到害怕，而且等待的时间长了点，故而情绪一下子爆发了，请你谅解。你进来陪伴他，可以缓解他的心情。”于是，我们一起等待专家的到来。

不一会，医生通知贝贝可以进手术间了，专家马上就到。于是，我对贝贝的妈妈眨了眨眼睛。她立马领会了：“贝贝，你跟阿姨一起进去，睡一觉后，醒来睁开眼第一个看见的就是妈妈，好不好？妈妈就在这里等你。你是最棒的！”“贝贝是最棒的。贝贝是个勇敢的孩子。”我们边说边进了手术间。

这次贝贝很听话。手术半个多小时就结束了。贝贝被推进复苏室后，一睁眼看到了妈妈，就安心地休息了。

看到这一幕，我的心中升腾起一阵感动。陪伴是最好的良药。我们会一直陪伴在患者的身边！

心与心的交流

骨科护士　张叶芳

随着人类社会的进步，人们的文化水平在提高，健康观念在发生转变，患者的自我保护意识也在不断增强。虽然护患纠纷仍然存在，但其实，许多纠纷与护患沟通不到位有着直接或间接的关系。真正由护理差错或护理事故造成的纠纷是极少的。早在 20 世纪 90 年代，临床上就将护患沟通作为整体护理的一部分。如今，护患沟通已经渗透到护理日常工作的方方面面。在这里，我浅谈一下在护理工作中对沟通的体会。

首先，护理人员在护患沟通时要注意称呼。亲切合适的称呼会增强患者的信任感。同时护理人员要关注患者的心理反应，将心比心。

记得 3 年前，病房里有一位股骨颈骨折的老先生，一直由老伴陪护。夫妻的感情很好。交谈的时候我随口说了一声“你家老头子”，老太太就很不高兴，说：“小姑娘，你怎么这么不懂礼貌，叫我家那位‘老头子’，应该称呼‘老先生’，没大没小的。”我当场感到是自己不对，很诚恳地向老先生道歉：“对不起，我错了。我对你有失礼貌，请原谅。我会改正的。我是你的床位护士。有什么事情你可以找我。我会尽我的力量帮你解决，好吗?”老太太笑着说：“好的，谢谢你，护士小姐。”通过这件事情，我觉得自己太心直口快，有时说话根本没想到自己的用词伤害了对方。我也认识到，勇于承认错误很重要。一旦自己做错了，就要马上改正。只要让患者看到你的诚意和善意，他们就不会计较了。

其次，护理人员要有高尚的医德和良好的自身素质，与患者沟通时要端正自己的态度，诚恳热情。这样才能增强患者对护理人员的信任感。而信任和尊重是良好沟通的先决条件。真诚的沟通可以让患者感觉到我们的诚意，从而愿意与我们沟通。沟通前我们要充分了解患者的思想情感。只有取得患者的信任，我们才能掌握患者最真实的情况，从而给予患者正确的治疗和护理，使患者的身心处于最佳状态。良好的沟通，有助于各项护理工作的开展，能对患者的康复起到积极的推动作用。

记得半年前，病房 41 床来了一位胫腓骨骨折的患者老李。他在建筑工地工作时从高处摔落。来了以后他一直少言寡语。医护人员教他做术后功能锻炼，但他一直不情不愿，依从性很差。他的手术费用很高。老板给他出了两万元用于手术治疗，但手术第三天他就欠费了。我拿着催款单到病房对他说："老李，到今天为止，你的老板交的钱已经用完了。我们拿不到你输液的药了。要不你给老板打个电话吧。"老李的脸色立刻阴沉下来。他气愤地说："催催催。你们医院就知道钱。我已经骨折了，又不会跑掉。你快给我把水挂上。"我说："是这样的，患者的药是由中心药房提供的。我们这里是没有药的。在患者不欠费的情况下，药房才会发药。"老李说："我不管。你给我想办法。我要是伤口发炎了，就找你们医院算账。"这时他的爱人过来了。我对她说："阿姨，老李的治疗费用不够了。我跟他说了一下，他就着急了。"我话音未落，阿姨的眼泪就止不住地往下流。见此情景，我把阿姨拉到了病区走廊，关心道："阿姨，老李住院以后一直沉默寡言。我们告诉他要重视功能锻炼，但他不听。今天一听欠费，他就着急。是不是家里有什么事，你能与我说说吗？"阿姨说："小张，你也看出来了。我不瞒你说，我的儿子也住院了，患了白血病，需要很多钱。儿媳妇抛弃他跟别人‘跑’了。家里还有两个年幼的孩子需要抚养。我丈夫的老板做生意做得也不是很大，也拿不出更多的钱。我们都快撑不住了。”阿姨的眼泪止不住地流。我于心不忍，忙安慰道：“阿姨，老李接下来的费用应该不会太多。我去跟主任商量商量，看看能不能通过食补减少补液量，争取让他早些出院。”阿姨说：“如果能这样的话就太好了。谢谢你，小张。”事后我把我皮夹里的300元掏给了阿姨。通过科室医务人员的共同努力，老李在术后一周顺利出院了。出院那天，老李对我说：“小张，那天我有些着急，对你发脾气，是我不对。我向你道歉。你不要怪我。我对你的服务其实一直很满意。”听完老李的话，我心中的委屈瞬间烟消云散。

一番心与心的交流，可以将护患双方的心连在一起，让患者体会到我们的真诚，从而更加尊重我们，愿意配合我们的工作。我们只有不断充实自己，增强专业技能，提高个人修养，熟练掌握沟通技巧，才能提升服务水平和综合素质，更好地服务广大患者。

换药风波

脑外科护士　张　韦

“护士，护士……”1502床张大妈的儿子在病房走廊里呼喊着。不知发生了什么事，大家都赶了过去。带教朱老师来到病房里，只见张大妈对着实习护士小陆斥责道：“你这个小护士怎么这样啊？要是空气进去了，你能负责吗？”小陆不知所措，低着头怔在原地。

朱老师把小陆拉到一旁，面带微笑地询问：“你好，我是她的带教老师。有什么不满意的你可以跟我说。”张大妈的儿子回答：“你们这个实习生不给我妈换液体，硬要问我妈的名字。你们是怎么带教的啊？”朱老师问一旁的小陆：“小陆，怎么回事啊？”小陆委屈地说：“朱老师，是这样的，张大妈的一瓶液体挂完了。我更换液体前询问张大妈的名字，但张大妈当时没理我，只是一个劲地催我赶紧换。”小陆哭丧着脸继续说，“按医院的规定，换液体之前，我要核对床号和姓名，可是他们就是不告诉我。我要实行‘三查七对’的，不能犯错误啊！”接着朱老师温和地对张大妈说道：“大妈，你叫什么名字啊？我们换液体之前要核对姓名的。这是为了防止出错。也请你配合一下。”“原来是这样啊。我叫张土妹。”张大妈的语气稍稍缓和了。朱老师一边换液体一边耐心地说：“这一瓶是补钾的药物，挂的时候你可能会觉得有点疼。我给你调慢点。要是有什么不舒服，你就告诉我们。”张大妈紧接着说道：“我也不是不讲理的人。你们解释清楚后我会配合的！”“你说得对。这个小妹妹是实习生，缺乏经验，请你谅解。”

朱老师拉着小陆来到示教室，对她说：“小陆，实行‘三查七对’本来是没错，不过我们在临床工作中也要注意方法，跟患者进行良好的沟通，让他们理解我们，配合我们。俗话说：‘良言一句三冬暖，恶语伤人六月寒。’语言能治病，也能致病。在临床护理工作中，我们与患者接触得最多。与患者的有效沟通能帮助我们了解患者的身心状况，向患者提供正确的信息，减轻患者的身心痛苦。与患者沟通也是实习生涯中要学习的一课。”小陆虚心地点了点头。

事后，小陆主动向张大妈道了歉，承认自己工作的不足之处，张大妈也表示了谅解。后来在小陆的精心护理和细心呵护下，张大妈日渐康复，对小陆的工作给予了充分的肯定和赞扬。

其实我们在和患者及其家属沟通时，只要能站在对方的立场上思考问题，将心比心，自然就能将矛盾化解。

护患关系没那么紧张

产房护士　嵇婧杰

如今，我们出去消费时经常会与服务员打交道。“服务员”三个字我们随口就会说。然而在临床工作中，我居然也会听到患者或其家属喊护士“服务员”。

是啊，在患者及其家属看来，他们自己是来医院消费的，我们护士就是服务员，要为他们服务。他们的这种认识，我们不能完全否定，因为细细想来，他们无非是想得到称心的护理服务。

在当今倡导人人平等的社会大环境下，在生活水平不断提高的同时，人们精神方面的需求也越来越多。而患者的要求更是错综复杂，充满了不确定性，使得护患关系尤为紧张。所以我们护士要有自己的一套处理护患关系的方法。

孙琴老师是我们公认的态度最好、最温柔的助产士。我全程目睹过她如何安抚一位烦躁的产妇。这位产妇大概有200多斤，是一大早就来产房的，并且一夜没有休息好，宫口还没有开到2厘米，但她已经发出痛苦的呻吟，并且在床上扭来扭去。我看到她这样，心里很反感：才刚进入产程她就受不了了，后面怎么熬过去。可是孙老师不一样，她走到产妇身边，用她刚学会的按摩方法帮助产妇缓解不适，温柔地教她“拉玛泽呼吸法”。几轮之后，产妇慢慢平静下来。孙老师做了短暂的休息之后又开始一边给她按摩，一边鼓励她。很快这个产妇的宫口开大了。马上就要进入分娩间了，产妇还不让孙老师离开，就要孙老师帮助她疏导情绪。其实那天孙老师并不负责接产，但是在产妇提出这样的要求后，孙老师没有拒绝，快速地吃完午饭后，回到这位产妇的身边，直到产妇生下宝宝才离开产房。

因为这次生产经历，这位产妇及其家属非常感谢孙老师。后来，孙老师多次收到产妇送来的锦旗。在日常工作中，孙老师从没被人投诉过，而有的同事都被投诉几次了。我们是不是该自我反思一下呢?我不停地问自己：我能做到这些吗?孙老师待这位产妇如至亲，给予她无微不至的关怀，令我动容。

现在想来，孙老师在护理这位产妇时做到了以下三点。首先是换位思考，站在患者的角度看待问题。其次是把患者当成自己的亲人。再次是有爱心和同情心，爱患者，同情患者。

虽然我在日常工作中有做得不够好的地方，但是我不会停留在过去，我会向前看，向孙老师虚心学习。现在，我已经慢慢改变了我的工作态度，而且收获很大。看着产妇们脸上幸福的笑容，我会感到很自豪。如果大家能做到以上三点，我相信护患关系不会那么紧张，会越来越好。

沟通时要学会应变

神经内科护士　任晓红

当今社会的医患矛盾愈演愈烈。想要缓和紧张的医患关系，医护人员除了要有精湛的医疗技术外，还要与患者进行良好的沟通。在整体护理工作中，我们要想方设法为患者排忧解难。在与患者的沟通中，我们不妨抓住患者的性格特点，取得他们的理解与信任，让他们配合我们的工作。

我们科曾经收治过一位血压高达 220/160 mmHg 的大叔，在他入院后，我们立即给他输液和口服药物以控制血压。然而，出乎意料的是，患者竟然表示不接受治疗，理由是药太贵了，他一分钱都不想花。他的家属也告诉我们，他是一个出了名的“铁公鸡”。我们只能想办法让他接受治疗。

我主动与他聊天：“师傅，你今年多大了？”

大叔得意地答道：“59 岁了。”

我说：“那快退休了吧。退休金一个月有多少钱啊？”

大叔嘴角露出了一丝笑意：“四五千块钱吧。”

我惊喜道：“哇，挺多的！”

大叔咧开嘴笑得很开心：“总算能够享受生活了。”

我不失时机地说道：“师傅，我跟你算个账啊。你退休后每年能拿五六万元退休金。如果你活到 80 岁，就能拿 100 多万元了吧。”

大叔马上接过我的话，赞同道：“对啊！”

我趁机引导他："那好，如果你现在不吃药，那么你的脑血管随时都会爆裂。到时若救治失败，那你这100多万元不是白白捐给政府了。你说是不是?"

大叔脸上的笑容瞬间凝固了。

我立即趁热打铁，说："这笔账，你自己算算吧。你在这住院治疗，只需要花少量的钱。但如果你不治疗，那么损失的可就是100多万元了。你说对不对?"

随后的几天，大叔都积极接受治疗。后来他顺利地康复出院了，而且在这几年里都坚持定期检查，按时吃药。

现在想想，这位大叔心疼治疗费用，我就与他算一算耽误治疗可能损失的费用，我的"借力打力"这一招真是管用啊！所以，我们在与患者进行沟通时要讲究方法，学会应变，这样就可以达到事半功倍的效果！

知己知彼，方能远行

普外科护士　朱蓉蓉

身为一名普外科护士，我有幸从工作中学到了术前术后的相关知识和护理技能。而在工作中，让我感受最深的是良好的沟通。它看似与医疗无关，但往往会产生意想不到的效果，提高护理服务质量，让患者充分信任我们、配合我们。

早上交接班的时候，护士长特意叮嘱我，要时刻注意我负责的那个肠癌早期患者，密切关注他的饮食、血压、心率、体温……这个患者是一名30岁出头的男人，对谁都冷冰冰的，不好相处。他正处于血气方刚的年纪，偏偏得了肠癌，的确令人感到惋惜。自从他住院后，没有一个家属来看过他。他一直孤零零地躺在那里，一言不发。我们都觉得他挺可怜。

上午10点左右，我推着治疗车走进了他的病房。今天他的状态倒是很让人惊喜。他一个人坐在那里看书。我跟他说："少看会书吧，看累了就休息。你收拾收拾，准备打点滴了。"他抬头看了我一眼，简单地"嗯"了一声，老实地将手臂伸了出来。系止血带，扎针……我做完这些工作后对他说："你有什么事就尽管叫我。"当我推着治疗车要走的时候，他忽然叫住了我，弱弱地问："护士，我什么时候做化疗？"我说："可能就在这几天。你的主治医生会通知你的。你放心。这几天你要好好养身体。"他又说："护士，我听人说，化疗会导致脱发、呕吐，而且就算身体康复了，这个病也会随时复发。我才35岁，还有很多事情要做。我还能活多久？治疗要花好多钱吗？我一个人在外地打工，没有多少积蓄，想想都不想治了。”我一听，觉得很心酸，可是，我现在能做的就是尽力开导他。我说：“你别担心。现在医疗技术这么发达。你一定会好起来的。只要你好好配合化疗，按时吃药，就一定可以康复的。”他又问：“化疗的恶性程度是不是很高?”我说：“不是很高。你别多想。”显然，他还是不相信我说的话：“护士，你就实话实说吧。”我告诉他：“我没有骗你。有很多患者的情况比你的更糟糕。他们都挺过来了，有的还活到了80岁，甚至90岁。”终于，他不再问了。我对他说：“要不我领你去看一个人。”我把他带到了我们医院的“抗癌明星”张大爷的病房。张大爷正在和病友下象棋。我对他说：“张大爷今年70岁了，5年前被查出胃癌晚期。他经历了那么多化疗和手术，依旧活得很开心。而你还这么年轻，且肠癌被发现得早，所以你一定要有信心!”也许我的话对他起了作用。接下来的日子里，他脸上的笑容多了，他也变得比以前爱说话了，还会对着医生和护士微笑。我希望他在今后的人生中都能乐观地面对生活!

作为一名富有责任心的护士，不仅要关注疾病的治疗进度，还要关心患者心理方面的需求。护士应时刻把患者的安危放在心上，理解患者的疾苦，尊重患者的人格和权利，站在患者的角度考虑和分析问题。只要我们朝着这个方向努力，就一定能与患者建立和谐的关系。

沟通的方式

骨科护士　陈晓婷

不知不觉，我已经在护理岗位上奋斗了6年，然而刚入职时那个总是忐忑不安的自己还经常浮现在眼前。那时候的我初出茅庐，对一切都存在着疑惑和陌生感。该怎样工作，怎样才能做得更好，是我每天都要思考的问题。我想用心做好自己的工作，得到大家的认可。为此我每天都在努力。值得开心的是，当初内心的那些问题如今已有了答案，就是在护理工作中做好护患沟通。

护理是一门科学，也是一门艺术。护患沟通是构建良好护患关系的一座桥梁。我们每天的护理工作都是通过这座桥梁开展的。

早上做晨间护理并准备交接班之前

"马上要进行查房了。家属请在病房外等候，9点半之后再进来。"

"你们这是什么医院啊？为什么家属不能陪在边上？"

"8点开始医生要查房。医生查完房后，我们的护理工作也要开始了。让家属出去是为了保持一个安静的治疗环境。请你配合一下。"

"我走之后患者要大小便怎么办？他自己没法处理。"

"你放心。如果有什么需要，他可以随时打铃。我会来帮助他的。好吗？"

"那好吧。"

早上发一日清单

“护士，你帮我看看。我这两天挂的水是一模一样的，为什么今天的费用和昨天的不一样啊?”

“我来看一下。”

“你帮我查一下。是不是出错了?”

“我们是当天拿第二天的补液，因为要提早准备；而在你入院那天，我们拿的是当天和第二天的补液。所以第一天医院收了两天的补液费，随后每天就只收一份补液费。我这么说你能理解吗?”

“哦，我懂了。”

新患者入院

“现在没有病房里的床位，只有走廊的加床了。”

“你们医院的床位这么紧张?”

“是的。如果病房里有患者出院，我们就安排你住进去。”

“那什么时候有人出院?”

“我不清楚，可是病房里一有空的床位我就会帮你安排的。你放心。”

“那好吧。”

帮患者翻身

“王阿姨，我们来帮你翻一下身，看一看屁股吧。”

“怎么又要看？不是刚刚才看过吗？我的屁股有什么好看的?”

“王阿姨，翻身是为了给你检查皮肤情况。皮肤如果长时间接触床面，会发红，甚至会破。如果皮破了就很难长好。所以经常抬臀翻身是很有必要的。”

“你不要翻了。我自己抬过了。你一动我就痛得厉害。”

“王阿姨，我动作轻一点，你自己也用一把力。我们两个人一起合作。只要用对方法，你就不会痛了。”

“那好吧。”

骨折创伤患者的骨折部位疼痛

“护士，我的脚痛，能不能再吃点药?”

“你刚刚吃过止痛片了。一点用也没有吗?”

“没有没有，一点用也没有。”

“你是半小时前吃的止痛片，再等半小时吧。止痛片不会这么快就产生效果的。”

“我痛得这么厉害，你们也不给我处理吗?！我想吃药!”

“你先别着急。你的这个部位骨折确实会让你痛得比较厉害。但是止痛片的服用时间是有规定的，需要间隔 6 ~ 8 小时。我去跟医生讨论一下，看看还有没有别的处理方式。”

“那好吧。”

……

护患沟通是护理工作的重要部分。只有熟练掌握和灵活运用沟通的技巧，护理人员才能与患者建立良好的护患关系。在未来的工作中，我将继续努力，恰当运用沟通技巧，满足患者的合理需求，提高护理质量。

以人为本，患者至上

消化内科护士 蔡晓菲

在临床工作中，我们在提升护理服务水平的同时，对护患沟通的要求也越来越高。有效的沟通可以减少不必要的纠纷，有利于护理工作的开展，体现出我们以人为本、患者至上的服务理念。

护士如果能以亲切的笑容、温和的语气对待患者，与患者交流他们所关心的疾病情况、治疗方案、医保信息等，就能使护患关系融洽，提高患者的满意度，还可以减少护患纠纷。

通过不断积累总结，我们认识到，要学会尊重患者。而我们以前一贯运用的“床号＋姓名”的核对方式，使很多患者不太配合我们的工作，觉得我们每天喊“几床”“姓名”是对他们极不尊重的表现。于是我们调整了工作方法，在工作中尊重患者，与患者沟通时以“床号＋姓名＋尊称”的核对方式来打开局面，由此改善了我们与患者的关系，拉近了护患之间的距离，增加了患者的信任，促进了护理操作的顺利开展。

现代护理不再只是对患者身体的护理，而是根据每个患者不同的文化背景、不同的宗教信仰实施人性化服务。这就要求护理人员关注患者的内心需求，给予他们情感安慰。有一次，我发现手术患者对使用监护仪有很多不满与不解，特别是对仪器报警声。术后的诸多不适让患者产生了负面情绪。在这种时候，我们应主动与患者沟通，消除患者对仪器的不满，及时查清仪器报警的原因并处理，切忌只注意仪器上的数字、图形的改变而忽视了患者的心理感受，忽略了患者的精神需要。同样地，在做饮食宣教时，我们可根据患者的不同宗教信仰、不同文化背景制订不同的菜品清单，满足他们的饮食需求，将各种文化渗透在护理工作中，减少文化差异。

在和老龄患者沟通时我们发现，他们特别渴望交流沟通，而他们的子女因工作而不能经常陪伴在旁，所以他们就会说："人老了，没用了，生病了都没人陪……"在这种时候，我们应该进行换位思考，关注患者焦虑抑郁的情绪，学会倾听，与他们交流，鼓励他们积极配合治疗，尽量满足他们的合理要求，赢得他们的充分信任。

很多患者术前总是顾虑重重：手术后会不会很疼，麻醉会有什么影响……当患者询问时，如果我们只回答"别担心，手术一定会顺利的"，就会让患者觉得我们是在敷衍，就可能会加重他们的紧张焦虑感，甚至导致他们放弃手术。所以，患者术前的心理变化是我们必须关注并重视的。我们要尽可能地向患者详细介绍术后的注意事项，分析会遇到的问题，让患者消除顾虑，从而配合治疗。

调查研究结果表明，护患之间的交谈以每日一次，每次交谈时间少于15分钟为宜，因此我们在临床护理工作中，应当合理利用时间与患者交谈。大多数患者都希望掌握健康知识，增强自我保健能力。我们可以给患者提供关于饮食、运动的信息，纠正患者不正确的饮食习惯等，与患者建立彼此信任的关系。

总之，我们只有尊重患者并了解患者的各种需求，将良好的护患沟通渗透到护理服务的方方面面，从细节做起，将以人为本、患者至上的理念真正落实到行动中，才能更好地体现出我们的价值。虽然目前的工作还有许多不足，但我们一定会继续努力，不断提高，共同开创吴中人民医院美好的未来。

沟通的技巧

消化内科护士　盛雯晴

卡耐基曾经说过：一个人事业上的成功，只有15%靠他的专业技术，另外85%则靠人际关系和处世技能。而处理人际关系的核心能力就是沟通能力。由此可见，沟通在人们的工作和生活中有着非常重要的作用。

作为以人文关怀为核心内容的医疗服务，其服务品质的衡量标准就是患者及其家属的满意度，而满意度的高低则是由患者及其家属将医疗服务水平和他们的期望值进行对比后得出的。如果我们想了解患者及其家属的期望值，使医疗服务水平达到患者及其家属的要求，就要与他们进行有效的沟通。

在工作期间，我切身体会到，沟通不到位会引发医患之间的误解甚至矛盾。

有一天下午，一位中晚期肿瘤患者出院，已办理手续。他和他的家属正在收拾物品。此时，护士须马上给另一位病情较重的患者安排床位。这位刚来的患者一直催促护士小李，于是小李就去催促那位出院患者。小李的催促引起了出院患者及其家属的不满。他们在病区里大发雷霆。护士小王急忙前去安慰他们，连声说“对不起”，并让他们慢慢收拾。后来她与一个病情较轻的患者商量，能否先安排病情较重的患者住下，结果对方爽快地答应了。这使得出院患者感到惭愧，赶快收拾东西走了。事情最后得以圆满解决。在这件事情上，小李忽略了沟通细节，在沟通时没有讲究技巧，所以才会引起患者及其家属的不满。

还有一件事发生在前不久。一位患者投诉护士没有及时将欠费情况通知他，导致他不能及时输液。而且他身上没有足够的钱交费，他还得回家取。护士也很委屈，因为她在通知这位患者前一直没找到他。护士长立即一边道歉，一边搀扶着患者回到病房，安慰他，并告诉他不要着急。护士长到药房借了药并给他输液后，他才满意，并连声道谢。同时，护士长嘱咐护士需要加强对住院患者的管理，原则上不让患者回家，必要时请患者向医生请假，有任何事一定要提前电话通知患者本人。

我们在与患者沟通时要注意沟通的技巧。患者总是希望得到关怀、体贴和同情。我们要使用温暖、热情的语言，让患者感到莫大的慰藉。

在护患沟通中，医护人员是主动的一方，患者是被动的一方。只要医护人员有沟通的愿望，双方的沟通就有了基础。

从此刻起，让我们用最真诚的话语去温暖每一个患者吧。

内镜检查无小事

内镜中心护士 莫建青

生活总会引发人们的感慨：“幸福并不取决于财富、权力和容貌，而取决于你和周围人的关系。”这么多年的护理工作，让我深深体会到护患沟通的重要性。良好的护患沟通不但能缩小护患之间的心理距离，还能避免医疗纠纷的发生。我刚来内镜室时只盯着护理工作中的“高技术含量”的活，可工作时间越长，我越觉得内镜室的护患沟通尤为重要。灵活的沟通技巧可以增强自身的工作软实力。

患者普遍认为，消化内镜诊疗痛苦性大。他们对诊疗的安全性存在疑惑、恐惧心理。因此，在检查治疗前内镜护士的耐心指导就是患者的一剂定心针。当我们完成了核对信息、帮患者取位、更换镜子等一系列准备工作时，不能冷漠地站在一旁等着医生的操作，而应低下头轻轻告诉患者：当镜子插到咽喉部时，尽量不要呕吐，要深呼吸放松；在检查过程中不要拔镜子，要配合医生完成操作。也许这样的交流只有一分钟，这样的关心只有只字片语，却能让患者的身心得到放松，让医生的操作更方便，何乐而不为呢？

再来说说肠镜预约这项工作。虽然拿到肠镜检查单的患者到内镜室只是来预约的，可还是有很多人对做肠镜检查有各种顾虑。有害怕疼痛而不愿接受检查的，有担心清肠达不到理想效果的……这样的心态对检查效果是不利的。怎么办？这时就需要内镜护士来搞定了。我们首先要评估一下患者的受教育程度及其对疾病的认知度，然后再开展预约指导工作。可以采用书面宣教、口头宣教或者解说操作流程图等形式。我们的目的只有一个：顺利完成肠镜检查准备工作。

可在这期间患者的问题五花八门，而每个患者的理解能力又参差不齐。如果内镜护士不能让患者获得满意的答案，在工作中就会被动，也会降低患者的信任度。所以，内镜护士的专业知识很重要，耐心更重要，内镜护士的专业知识和耐心也是护患双方进行良好沟通的必要条件。

护士美好的语言可使患者感到温暖舒畅。在门诊科室，我们更需要提高语言修养，学习沟通技巧。我们要用微笑，用我们真、善、美的关怀，让患者感受到我们的爱心，与患者建立友好的护患关系。

后　记

伟大的护理事业创始人南丁格尔说：“护士是爱的使者、美的化身，是真诚、美丽、敬业、奉献的天使。”多年的护理实践使我越发感觉到护理工作的伟大与神圣，同时对南丁格尔的这句话有了更深的理解。

今天，在我们吴中人民医院这座白色圣殿里，在不断深化的优质护理服务过程中，全院护士姐妹们秉承以患者为中心的理念，努力践行南丁格尔精神，培育博大的人文情怀，变被动为主动，以自己的爱心、责任心、进取心以及精湛的护理技术和专业的理论知识，呵护患者，与患者建立了和谐的护患关系。

全院护士姐妹们在人文护理的实践中不断学习、总结，将发生在自己身边的真实故事撰写成文。她们将真情付诸笔尖，尽情讴歌平凡又伟大的护理事业，讴歌护患之间的深情厚谊。这些质朴的文字让人深感亲切与温暖。人性化护理的思想已经贯穿于她们整个护理工作的全过程，成为吴中人民医院护理工作的一项重要内容。

本书的创作历时 9 个多月。感谢院领导的大力支持和关心，感谢苏州大学护理学院李惠玲院长在百忙中为本书作序，感谢我院护士姐妹们用心谱写的一首首爱的篇章。

最后，谨以本书与各位同人共勉。谢谢大家！

宋伟华

2018 年 4 月 26 日